―― 長編官能小説 ――

囚われた女捜査官

〈新装版〉

甲斐冬馬

JN042902

竹書房ラブロマン文庫

目次

第一章　レイプ集団壊滅作戦

1

横浜港D埠頭《ふとう》の、とある倉庫——。

陣内《じんない》涼子《りようこ》は相棒とともに積みあげられたコンテナの陰に身を潜めて、鋭い視線を倉庫中央に向けていた。周囲にも警戒を怠《おこた》らず、神経を極限まで張り巡らせている。どのような事態にも対処できるよう、臨戦態勢を整えていた。

涼子は湾岸北署刑事課零《ぜろ》係《がかり》に籍を置く特殊捜査官だ。

犯罪撲滅に身を捧げているうちに三十歳となり、今では零係をまかされるまでになっている。とはいえ、零係は少数精鋭なので、相棒とコンビを組んで現場に出ることに変わりはなかった。

零係とは公安と深い繋がりがある極秘の部署で、警察関係者でもその実態を知る者はごく少数しかいない。全国の警察署の数ヵ所に設置されており、凶悪犯罪組織への潜入調査など、非合法な捜査を極秘裏に行っていた。

この日の涼子は黒のタイトなスカートスーツに身を包んでいる。ジャケットの肩にセミロングの髪がさらりとかかっており、襟《えり》もとから覗く白いブラウスの胸は大きく盛りあがっていた。

タイトスカートが短めなのは、動きやすさを重視しているためだ。また場合によっては、大胆に露出した太腿《ふともも》が、敵の気を散らす効果も期待できる。危険な任務をこなすうえで、ときとして女であることを武器とする必要もあった。

ハイヒールも敵の目を欺《あざむ》き、また殺傷能力の高い武器になる。もちろん、高いヒールでもいっさい音をたてずに歩いたり、全力疾走する訓練も受けていた。

(彼女たちが被害者ね……)

涼子は焦ることなく、状況を冷静に分析していく。

入口から目隠しするように置かれたコンテナの向こう側は、照明が煌々《こうこう》と灯っている。そこに五人の女性が立たされていた。

服装や雰囲気から察するに、おそらく人妻やＯＬ、それに女子大生といったところだろう。いずれも埃《ほこり》臭い倉庫とは縁のない、容姿の整った女性ばかりだ。彼女たちは縄で後ろ手に縛《しば》られており、不安そうに肩をすくませている。なかには啜《すす》り泣きを漏《も》らしている者もいた。

――さらわれた女たちが今夜出港する船に乗せられる。

タレコミ屋から得た情報は正しかったようだ。

なんの確証もなく、また裏付けも取れていないので、捜査本部が大々的に動くことはない。こういうときこそ、特殊な捜査を担当する零係の出番だった。

彼女たちがどのようにして誘拐されたかはわかっていない。とにかく、性奴隷《せいどれい》に調教されて海外に売り飛ばされるという情報だけだった。船に乗れば二度と日本には戻れない。性奴隷としての生活を強要され、飽きればさらに売り飛ばされる。死ぬまで男に奉仕しつづけることになるだろう。

（絶対にそんなことはさせない）

女を食い物にする犯罪は、同性としてとくに許せない。涼子は怒りの炎を燃やしつつ、彼女たちを救出する方法を模索していた。

五人の女性たちを、大勢の胡散《うさん》臭い男たちが取り囲んでいる。

グレーの背広を着たいかにも筋者《すじもの》といった感じの者、タンクトップ一枚の筋骨隆々とした者、アロハシャツのチンピラ風の者など様々だが、まともな連中でないことだけは確かだ。どの男も裏社会を歩んできた人間特有の荒《すさ》んだ顔つきをしており、手にはそれぞれ拳銃が握られていた。

（あそこにいるだけでも十人、思ったより手強《てごわ》そうね）

涼子は胸のうちでつぶやき、奥歯をギリッと強く嚙んだ。

男たちは他にもいて、見張り役が倉庫のあちこちに散らばっている。総勢十四、五人といったところか。無闇に飛びこんだところで、蜂《はち》の巣にされるのは目に見えていた。せめて一ヵ所に集まってくれれば、対処のしようがあるのだが……。

かなり難しい局面だ。

すでに応援要請の連絡は入れてあるが、警察が大挙して押しかけたところで、彼女たちを無事に救出できるとは限らない。むしろ、さらなる危険に晒《さら》すことになると踏んでいた。

犯人グループには相当数の銃がある。警察に包囲されて追いこまれれば、必ず女たちを人質に取って決死の反撃に出るだろう。機動隊も出動するので、銃撃戦になる可能性が高い。そうなると、人質全員が無傷とはいかないだろう。

（わたしたちが制圧するしかない）

応援が到着して犯人たちが逆上する前に、なんとか解決したかった。

涼子はジャケットのなかに右手を忍ばせて、腋《わき》の下のホルスターから三十八口径のリボルバー式拳銃を引き抜いた。

安全装置を外しながら隣を見やる。すると、相棒の藤崎《ふじさき》亜由美《あゆみ》が拳銃を抜き、緊張気味に頷《うなず》いた。彼女の拳銃は二十二口径。殺傷能力は格段に劣るが、涼子と比べて腕力の弱い亜由美には扱いやすかった。

コンビを組んで半年になるので、アイコンタクトだけで完璧に意思の疎通ができるようになっている。逆に言うと、それができなければ互いに命を預けることはできないということだ。

亜由美は濃紺のスカートスーツ姿でコンテナに背中を張りつかせていた。ストレートロングの黒髪が、大きく盛りあがった胸もとに垂れかかっている。ジャケットの上からでも腰のくびれがわかり、タイトスカートにはヒップの丸みが浮きあがっていた。

太腿は半分ほど露出して、ピチピチした健康的な色気を振りまいている。二十五歳にしては可愛らしい顔立ちをしているが、捜査中の今はキリッと引き締まった表情になっていた。

(藤崎、頼むわよ)

心のなかで語りかけると、亜由美はオーケーと言うように瞬《まばた》きを返してくる。すでに二人の間には信頼関係が築かれており、このやりとりだけで気持ちを落ち着かせることができた。

「退屈だな。暇つぶしでもするか」

グレーの背広を着たリーダーらしき男が、ドスの利いた声を響かせる。右の頬にナイフで切られた傷があり、いくつもの修羅場《しゅらば》を潜ってきたことを窺わせた。

「おまえらを引き渡すまで、まだ時間がある。調教の成果を確かめてやるよ」

男は右手に持った拳銃を左手にポンポンと打ちつけながら、五人並んでいる女たちに歩み寄る。そして、すぐ近くから順番に顔を覗きこんでいく。

「いい女ばっかりだな。どいつを味見してやろうか」

女たちは怯えたようにうつむいて視線を逸《そ》らす。他の男たちは好色そうな笑みを浮かべて、銃を弄《もてあそ》びながら眺めていた。

「おまえにしよう」

男は清潔感溢れる人妻らしき女性の前で立ちどまった。

二十代後半だろうか。その女性はクリーム色のスカートを穿き、淡いピンクのシャツを羽織《はお》っている。マロンブラウンの髪は肩より少し長く、毛先が内側に緩くカールしていた。

「名前は？」

「ゆ、許してください……」

彼女は頬を引きつらせて、唇をわなわなと震わせている。恐怖のあまり視線が定まっていなかった。

「聞こえなかったのか？　俺は名前を聞いたんだ」

銃口を額に突きつけると、男が低い声で質問を繰り返す。今度答えなければ、トリガーを引きそうだった。

（や、やめなさい！）

涼子は思わず銃を持つ手に力をこめた。

しかし、なんとかギリギリのところで踏みとどまる。あの男ひとりを撃ったところで、彼女を救える可能性は極めて低い。他の連中がいっせいに発砲すれば、他の女性たちにも被害が及ぶ。それだけは避けなければならなかった。

（くっ……なにもできないなんて）

目の前で一般市民が銃を突きつけられているのに、見ていることしかできない。手出しできないもどかしさが、胸のうちにひろがっていく。特殊捜査官として厳しい訓練を受けてきたのに、それを生かせないなんて……。

亜由美も同じ気持ちなのだろう。隣で悔しそうに下唇を噛み締めて、眉間に縦皺《たてじわ》を刻みこんでいた。

「さ、小百合《さゆり》……です」

女性が涙を滲《にじ》ませながら答えたことで、いったん銃口がおろされる。ところが、ほっとする間もなく、男がニヤつきながら口を開いた。

「よし、小百合。フェラチオしてもらおうか」

冗談を言っている顔ではない。口調こそ穏やかだが、口答えすれば撃ち殺しそうな迫力があった。

周囲で見ていた男たちが、素早く他の四人の女たちをさがらせる。これまでも同じことを何度もやってきたのだろう。リーダーの男と小百合という女性を、他の連中が取り囲む格好になった。

「ああ……」

小百合は顔面蒼白《そうはく》になりながら、男の目の前にしゃがみこんだ。コンクリートの床に膝をつき、怯えきった様子で見あげていた。

「はじめろ」

男は当然のように命じると、腰をグイッと突きだしていく。

囲まれた女は、今にも泣きだしそうな様子で首を左右に振りたくる。それでも、震える指を伸ばして、スラックスのファスナーをおろしはじめた。銃をチラつかされて命令されたら、どれほど貞淑《ていしゅく》な女でも逆らうことはできないだろう。

ほっそりとした指をスラックスの前合わせに忍ばせて、まだ柔らかいペニスを引きずりだす。そして、根元に指をまわし、ゆるゆるとしごきはじめた。一連の淀《よど》みない動きは、過酷な調教で叩きこまれたものだろう。

「どうだ。でかいか？」

男が声をかけると、小百合は黙りこんで睫毛《まつげ》を伏せる。それでも、右手の指はペニスに絡みつかせたままだ。太腿の付け根に添えた左手の薬指には、リングがキラリと光っていた。

「結婚してるのか？」

「は……い……」

「旦那のチ×ポと比べてどうだ？」

非情な質問が浴びせられる。小百合はペニスをしごくだけで答えない。すると、男は拳銃の撃鉄をガチッと起こした。

「ひっ……」

「俺のチ×ポと旦那のチ×ポ、どっちがでかいんだ？」

抑揚《よくよう》のない声が逆に恐ろしい。周囲で見ている女たちはすくみあがり、男たちはニヤニヤと笑っていた。

「お、夫より……お、大きいです」

悲しげにつぶやくと、小百合の瞳から大粒の涙がポロポロと溢れだす。精神的にも責めたてられて、か弱い人妻は完全に追い詰められていた。

「ふふっ、そうか旦那よりでかいか。ようし、旦那よりでかいチ×ポをしゃぶらせてやる。咥《くわ》えろ」

「ああっ、許してください」

首を弱々しく振るが、もう逃げられないと覚悟しているのだろう。小百合は絶望の喘《あえ》ぎを漏らしながら、巨大な亀頭に唇を被せていった。

「はむンンっ……」

「もっと奥まで呑みこむんだ」

男が命じると、彼女は素直に顔を股間に押しつけていく。ペニスを根元まで口内に収めて、喉の奥で唸りはじめた。

「ンうっ……ンううっ」

「いい舌使いだ。しっかり仕込まれてるみたいだな」

口のなかでペニスが膨らみ、唇を押しひろげるのがわかった。

小百合の眉間に縦皺が刻みこまれる。苦しそうな呻《うめ》き声も聞こえてくるが、彼女はフェラチオを中断することはない。それどころか、涙をこぼしながら首をゆるゆると振りはじめた。

苦悶を滲ませた横顔に、夫を裏切る女の無念さが滲んでいる。脅されて強要されるうちに、性奴隷としての作法を身に着けていったのだろう。従うしか生き延びる道はないとわかっているようだった。

「ンっ……ンっ……」

「でかいチ×ポは美味《うま》いか？　俺がイクまでしっかりしゃぶるんだぞ」

男は倉庫の中央に仁王立ちして、勝手なことを口走っている。まわりで見ている男たちも股間を膨らませており、異様な空気が漂《ただよ》いはじめていた。

(ひどい……あんまりだわ)

涼子は見るに堪《た》えない光景を前にして、なにもできない自分に苛立《いらだ》ちを募らせていった。

亜由美も銃を握った手を震わせている。

過去に男から受けた酷《ひど》い出来事に悩まされている彼女が、性犯罪をとくに嫌う気持ちは痛いほどわかっているつもりだ。それでも、一時の感情に流されることは許されない。捜査官として最善の行動を取り、拉致《らち》被害者たちを救い出すことが使命だった。

(耐えるのよ、藤崎)

煮えたぎるような怒りを抑えこみ、涼子は瞳で亜由美に語りかける。すると、彼女は苦しそうに眉をしかめながらも小さく頷いてくれた。

「ンふっ……はむっ……あふぅっ」

小百合の声が大きくなり、チュプチュプという湿った音も響きはじめる。フェラチオは徐々に加速して、リズミカルに首を振りたてていた。

「たっぷり味わっておいたほうがいいぞ。日本人のチ×ポをしゃぶれるのは、これで最後かもしれないからな」

男が恐ろしい言葉をかけると、彼女は悲しげに瞳を潤ませていく。それでも逆らうことができずにペニスをしゃぶりつづけた。

「もっと奥まで咥えてみろ。喉の奥で締めつけるんだ」

「おぐううっ……」

言われたとおり、小百合は巨大なペニスを根元まで咥えこむ。えずくように胸もとを喘がせるが、懸命に快楽を送りこんでいた。

「おおう、いいぞ」

男の気色悪い呻き声が倉庫中に響き渡る。人妻にペニスをしゃぶらせて、かなり興奮している。腰をビクビクと小刻みに震わせていた。

「吸いながら首を振るんだ。教えられた通りにやってみろ。これからは毎日、外国人のでっかいチ×ポを咥えて暮らすんだぞ」

「あむっ……はふンっ……むふンンっ」

虐《しいた》げられるほど、小百合は口唇愛撫にのめりこんでいく。これが調教された女の姿なのかもしれない。蒼白だった顔はいつしか赤く染まり、呻き声にもどこか妖《あや》しげな響きが混ざりはじめていた。

「ずいぶん美味そうにしゃぶるな。そろそろ飲ませてやるか」

またしても、おぞましい言葉が浴びせられる。

小百合は許しを乞《こ》うように男の顔を見あげるが、許してもらえないこともわかっているらしい。逆に首の振り方は激しさを増していた。

「ンっ……ンっ……ンっ……」

銃を持った男たちと四人の女性たちが見守るなか、人妻によるフェラチオショーはついにクライマックスを迎えようとしている。頰を窄《すぼ》めて吸引しながら首を振りまくる姿は、まさに性奴隷という言葉がぴったりだった。

「ううっ、出すぞ……おおッ、おおおおおおッ！」

男が低い呻き声をあげて、腰に震えを走らせる。それと同時にペニスを咥えたままの小百合の頰が、見るみる膨らんでいった。

「ひむううっ……」

悲しげな声を漏らすが、やはり無抵抗で牡《おす》の欲望を受けとめる。そして、命じられなくても、喉をコクコク鳴らしながらザーメンを飲み干していった。

「ふぅっ……後始末も忘れるな。舐めて綺麗にしろ」

満足そうな溜め息を漏らす男の股間では、小百合がまだペニスを口に含んで首をゆるゆると振っている。太幹を咥えこんだ唇の端から、白濁液が一筋トロリと垂れているのが悲惨だった。

「ようし、もういいぞ」

声をかけられて、小百合はようやくペニスを吐きだした。

コンクリートの床にへたりこんだまま、肩を激しく上下させている。地獄の時間が終わり、全身から力が抜けたようにうなだれていた。

2

涼子は閉じた唇にぐっと力をこめた。

自分が口内射精された気分になり、舌に苦みがひろがるような錯覚に囚《とら》われる。こみあげてくる怒りを必死にこらえていた。

隣で息を殺している亜由美も、先ほどから歯ぎしりしている。爆発しそうな憤怒《ふんぬ》を抑えこんでいるのだろう、瞳の奥には正義の炎が燃えあがっていた。

「いつまで休んでるつもりだ。まだこれからだぞ」

またしても男の声が、夜の倉庫に反響する。

「若い連中の相手をするんだ」

ほっとしたのも束《つか》の間《ま》、新たな命令がくだされた。

小百合は肩をすくめると、怯えた様子で周囲に視線を巡らせる。すると、それまで黙って見ていた九人の男たちが服を脱ぎはじめた。

他の女性たちは、その場に立ち尽くしたまま固まっている。誰ひとり声をあげることなく、ただ自分がターゲットにされないことだけを祈っていた。

「や……た、助けて……」

小百合が掠《かす》れた声で助けを求める。しかし、裸になった男たちは、ペニスをそそり勃《た》たせてニヤニヤしながら輪を縮めていく。

「たっぷり楽しませてやれよ」

リーダーの声を合図に、男たちがいっせいに襲いかかった。

小百合は無理やり立たされると、シャツを力まかせに開かれてしまう。ボタンがプチプチと弾《はじ》け飛び、純白のブラジャーが露わになった。

「きゃあっ！」

悲鳴をあげるが当然のように無視される。さらにスカートも強引におろされて、ストッキングが引き千切《ちぎ》られていく。

「や、やめてください……」

弱々しい声で抗《あらが》うが、もちろん男たちがやめるはずもない。それどころか、肌が露出するにつれて獣欲はますます暴走する。あっという間に下着も奪われて、ついに小百合は一糸纏《まと》わぬ姿にされてしまった。

殺風景な港の倉庫で、人妻が豊満な裸体を晒している。乳房は白くて大きく、ピンクの乳首をぷっくりと尖《とが》らせている。腰は細くくびれており、尻にはたっぷりの脂《あぶら》が乗ってプリプリしていた。

男たちの間から「おおっ」という地響きのような歓声があがり、息遣《いきづか》いがどんどん荒くなっていく。まるで野犬の集団に囲まれたように、ハッハッという短い呼吸音が聞こえていた。

「まずは俺からいくぜ」

チンピラ風の若い男が、背後にまわりこんで腰をがっしりと掴《つか》んだ。

連携ができており、他の男たちが小百合の身体を押さえつけにかかる。立った状態で前屈みにすると、ヒップを後方に突きだす姿勢を強要した。

「ああっ、そんな……い、いやです」

小百合の悲痛な声が倉庫にこだまする。涙まじりに懇願するが、男たちの心には届かない。それどころか、なおのこと興奮を煽《あお》るばかりだった。

(よってたかって……最低だわ)

涼子は逸《はや》る気持ちを精神力で制していた。

このままだと、間違いなく彼女は輪姦されてしまう。それでも、まだ飛びだすわけにはいかなかった。

　亜由美もギリギリのところで怒りを抑えこんでいるようだ。

　とにかく今は我慢のときだ。犯人たちが隙を見せるのを待つしかない。応援の機動隊が到着して銃撃戦になる前に、なんとか女性たちを救出したかった。

「お願いです、これ以上は……」

「つべこべ抜かすんじゃねえよ」

　チンピラ風の男はヘラヘラ笑いながら拳銃を床に置き、ヒップをがっしりと抱えこんだ。そして、膨張した亀頭を淫裂に押し当てると、いきなり突き破りそうな勢いで挿入した。

「あああッ！　許してぇっ」

　その瞬間、女体が思いきり仰《の》け反《ぞ》り、甲高《かんだか》い声が響き渡る。

　ペニスは根元まで埋めこまれて、チンピラの股間と人妻のヒップが密着した。大勢の男たちに、腕や身体を摑まれているため動けない。無残にグニュッと圧迫された尻肉に、レイプされた女の悲哀が滲んでいた。

「くおおっ、やっぱ人妻は最高だな」

　男がおおげさに呻くと、周囲でどっと笑い声があがる。小百合は見世物にされながら、立った状態で屈辱的に犯されていた。

「はンンっ……い、いやです」

「今さらなに言ってんだ。兄貴のチ×ポ、美味そうにしゃぶってたくせによ」

男は根元まで挿入して、腰をねちっこく捏《こ》ねまわす。すると、クチュッ、ニチャッという卑猥な音が溢れだした。

「あっ……あンっ……う、動かないでください」

「格好つけるなって。ほら、オマ×コが大洪水になってるぞ」

さらにチンピラが腰を振りはじめると、瞬く間に摩擦音が大きくなる。華蜜が大量に分泌されているらしく、コンクリートの床にポタポタと滴《したた》り落ちた。

「あうっ、いやです……ああっ」

「また濡れてきた。おまえ、完全に調教されてるな」

ピストンスピードがアップして、ペニスが高速で抜き差しされる。彼女の反応も顕《けん》著《ちょ》になり、困惑気味に眉を歪めながらも大声で喘ぎだす。肉棒を力強く突きこまれるたび、ヒップを大きく揺すりはじめていた。

「ああッ、やめて、お願い」

「旦那のチ×ポよりいいだろう。ほら、好きなだけ喘いでいいんだぞ」

「わ、わたしは……こ、こんな……ううっ」

「無理するなって、オマ×コは嬉しそうに締まってるぞ」

「あッ……あッ……いやなのに……」

心では抗っているのに身体は反応してしまうのだろう。小百合は悲しそうな顔をしながら、切なげに喘いでいた。

周囲で見ている男たちも我慢できなくなってきたらしい。まずは左右から腕を押さえていた二人の男が、無理やり自分のペニスを握らせた。

「俺のことも、その綺麗な指で楽しませてくれよ」

「旦那にするみたいにシコシコしてもらおうか」

「そ、そんな……ああッ」

腰をがっちり抱えられ、バックから強く突きあげられると、一瞬で抵抗力を砕かれる。小百合は仕方なくといった感じで、硬直した肉棒をゆるゆるとしごきはじめた。

「おう、いいぞ。その調子で頼む」

「くぅっ……人妻の手コキは最高だな」

男たちが呻き声を漏らしたことで、彼女の手コキが加速する。それと同時に、背後のチンピラも腰を振るスピードをアップした。

「たっぷりなかに出してやるよ」

「は、激し……あッ……ああッ」

立ったままバックから突かれて、両手でもペニスをしごいている。三人がかりで嬲《なぶ》られているのに、小百合はさらに喘ぎ声を大きくした。

自ら快楽に没頭することで、現実から目を背けようとしているのだろう。腰をくねらせて乳房を揺すり、二本のペニスを手淫で責めたてている。そして、ついには歓喜の涙をこぼし、汗ばんだ背筋を反り返らせていった。

「あッ、あッ、も、もう……ああッ、もうイッてしまいますっ」

「くううッ、出してやる、俺といっしょにイクんだ」

チンピラが苦しげに呻き、ペニスを根元まで挿入した状態で腰にぶるるっと震えを走らせた。

「あああッ、い、いいっ、イキますっ、ああッ、イクっ、あぁあああああッ！」

小百合は絶頂を告げながら達して、反射的に両手でペニスを強く握り締める。すると手コキされていた男たちも、ほぼ同時に白濁液を噴きあげた。

「ぬおッ、ぶっかけてやる！」

「出すぞっ、くおおおおッ！」

左右から放出されたザーメンが、白い放物線を描いて人妻の顔に降り注ぐ。精液でパックされながら、それでも小百合は媚《こ》びるように腰を振りつづけた。

「今度は俺にも犯《や》らせてくれよ」

周囲で見ていた男のひとりが駆け寄ってくる。拳銃を床に置き、すぐさまバックから覆い被さった。

「ああっ、休ませてください」

小百合の声は無視されて、新たなペニスで貫かれる。そして、嘆いている間もなく、左右からは別の男たちが迫ってきた。

「ほら、手も使うんだよ」

「俺のも頼むぜ」

またしても両手に肉棒を握らされて、二本同時の手コキを強要される。徹底的に弄ばれる小百合の姿に刺激されたのか、周囲では自分でしごく者まで現れた。

倉庫内にはザーメン臭が濃厚に漂い、さらに我慢汁の匂いが重なっていく。異様な雰囲気に拍車がかかり、一度射精した男たちも再び陰茎をそそり勃たせている。小百合のまわりには、欲望を剝《む》きだしにした牡が群がっていた。

3

（異常だわ、こんなに大勢で……）

見るに堪えない光景だった。

涼子は視線を逸らしたいのをこらえて、ひたすらチャンスをうかがっていた。黙って見ているのは悔しいが、今は迂闊《うかつ》に動けなかった。

「ゆ……許せません」

亜由美が小声でつぶやくのが聞こえた。

怒りを通り越して、すでに表情を失っている。特殊捜査官としての経験が浅い彼女には、あまりにも過酷すぎる現場だった。

(焦らないで、落ち着いて)

制するように亜由美の瞳を覗きこむ。この状況で激昂《げきこう》して飛びだせば、人質の命はおろか、大切な相棒まで失うことになってしまう。

「りょ、涼子先輩……」

亜由美は掠れた声で囁き、じっと見つめ返してくる。そして、己《おのれ》の無力さを実感したように、双眸《そうぼう》をじんわりと滲ませた。

捜査官としての矜恃《きょうじ》があるからこそ、女性たちを救い出せないことに苛立ちを覚えて悔しがっている。その気持ちは涼子も同じだ。しかし、ただ手をこまねいて見ているわけではなかった。

(このときを待っていたわ)

切れ長の瞳がキラリと光る。やはり読みどおりだった。必ずこういう瞬間が来ると思っていた。

倉庫に散らばって見張りをしていた男たちが、小百合に惹きつけられて次々と集まってくる。まるで新鮮な肉に群がるハイエナだ。全員が服を脱ぎ捨てて、醜悪なペニスを剝きだしにしていた。

ほとんどの男たちが銃を床に置き、小百合を取り巻いている。銃を手にしている数人も、意識は人妻の女体に向いていた。

リーダーの男だけは輪から離れており、他の四人の女を監視している。とはいっても、ニヤつきながら眺めているだけで完全に気を抜いていた。

（準備はいい？）

気合いを入れて、目顔で相棒に語りかける。

亜由美も表情を引き締めて、瞳に使命感を宿らせていた。若干気負いすぎているようだが、彼女も厳しい訓練を受けた特殊捜査官だ。きっと立派に任務を遂行してくれると信じていた。

もう一度、犯人たちの様子を確認する。

銃を手にしているのは三人だけだが、問題は五人の女性が近くにいることだ。涼子も亜由美も射撃の腕前はトップクラスとはいえ、流れ弾《だま》の危険を考えると銃の使用は最小限に抑えなければならない。

三人を倒したら素手で戦うことになる。訓練学校であらゆる格闘術を叩きこまれているので、徒手空拳《としゅくうけん》でも制圧できると踏んでいた。

アイコンタクトで亜由美に指示を送った。

彼女が力強く頷いたのを確認すると、いったん小さく息を吐きだして気持ちを落ち着かせる。そして、もう一度視線を交わし、呼吸を合わせてコンテナの陰から飛びだした。

直後に三発の銃声が轟《とどろ》き、三人の男がもんどり打って倒れこむ。涼子はリーダーの男を、亜由美が残りの二人の腕を正確に打ち抜いた。

女性たちが悲鳴をあげて、他の男たちがいっせいに振り返る。そのとき、すでに涼子が間近に迫っており、亜由美は後方で援護射撃の態勢を整えていた。

「全員その場から動くな！」

大声で威圧するが、一番近くにいた男が襲いかかってくる。巨体に似合わず素早い動きで、丸太のような腕を振りおろしてきた。

「この野郎っ！」

「セイッ！」

涼子はすかさずカウンターの一本背負いで投げ飛ばす。コンクリートの上に背中から落下した男は、まともに受け身が取れずに悶絶した。

「警察よ。両手を頭の上にあげて――」

「クソおおッ！」

言い終わる前に、別の男が殴りかかってくる。ストレート系のパンチを沈みこんでかわし、サイドにまわりこみながらレバーに膝蹴りを叩きこむ。男が腹を押さえて前屈みになると、後頭部に肘を打ちおろした。

「ぶっ殺してやるっ」

「このアマ、調子に乗るな！」

涼子の体勢が崩れたところを狙って、背後から二人の男が突進してくる。

しかし、ひとりは亜由美の正確な射撃で脚を打ち抜かれて転倒した。もうひとりに対しては、涼子が慌てることなくバックキックを放ち、鳩尾《みぞおち》をハイヒールで抉《えぐ》った。

「うぐううッ……」

男は真っ青になってうずくまり、口から泡を吹いて倒れこんだ。

瞬く間に七人を戦闘不能にしたことで、他の連中は身動きが取れなくなった。戦う気力を削がれて、凍りついたように固まっていた。

しかし、まだ安心はできない。手負いの野獣は死に物狂いだ。気を抜いた瞬間に襲いかかってくることを、これまでの経験で学んでいた。

「ちょっと……」

亜由美が険しい表情で男たちの輪に歩み寄った。

「彼女から離れなさい」

小百合を背後から犯している男に銃口を向けている。ところが、怒りのあまり冷静さを欠いており隙だらけだった。

——落ち着きなさい。

涼子が声をかけようとした瞬間、男のひとりが亜由美に殴りかかってきた。頭で考えるより先に身体を投げだした。亜由美を庇《かば》って男の間に入りこみ、強烈なパンチを右腕でかろうじてブロックした。

「うぐぅっ……」

骨まで痺れる衝撃だ。これをまともに食らっていたら、亜由美は一発で吹き飛ばされていただろう。涼子もなんとか立っているが、腕が痺れて力が入らなかった。

「先輩っ！」

我に返った亜由美が男に銃を向ける。

他の男たちも殺気立って危険な空気が漂いはじめたとき、遠くからパトカーのサイレンが聞こえてきた。

4

「好きなもの頼んでいいわよ」

涼子はにっこり微笑みかけると、努めて明るい声で語りかけた。

「本当に……すみませんでした。わたしが油断したために」

向かいの席に座っている亜由美は、しょんぼりとうつむいている。謝罪する声は消え入りそうで、あまりにも痛々しい。任務中の勇ましい姿とは打って変わり、叱られた子供のように小さくなっていた。

二人は行きつけのレストランで、テーブルを挟んで向かい合って座っている。

任務終了後、涼子が亜由美を食事に誘ったのだ。

彼女が気落ちするのも無理はない。一歩間違えれば、二人とも命を落としかねない危険な状況だったのだから。

つい数時間前、涼子と亜由美は拳銃を所持した十五名の男たちと対峙《たいじ》していた。

犯人のひとりからパンチを受けて、最後は少々焦ったが、タイミング良く応援が到着したので事なきを得た。もっとも、涼子はまだ蹴り技が使えたし、亜由美も戦えたので、二人でも充分切り抜けることができただろう。

現場を離れたことで、涼子の心は落ち着きを取り戻している。

こうして静かに座っていると、スーツ姿の二人は普通のＯＬのようだった。まさか特殊捜査官とは誰も思わないだろう。

もしドレスを着ていれば、ファッションモデルに間違われそうな際立った容姿をしている。実際、近くのテーブルに座っている男性客たちが、二人にチラチラと視線を送っていた。

しかし、拳銃を持たせればミリ単位の正確な射撃をこなし、抜群のプロポーションを誇りながら大の男を素手で倒す格闘術を身に着けている。零係の二人は、全警察組織のなかでも屈指のエリート捜査官だった。

「暗い顔しないの。お腹空いてるでしょ。なにか食べましょう」

「はい……」

メニューをぱらぱらとめくっているが、亜由美はあまり食欲がないようだ。だからこそ、無理やりでも食べさせるつもりだった。悩んだ末に涼子はカルボナーラ、亜由美はグラタンを注文した。

殴られた前腕部には多少痺れが残っているが、幸い骨に異常はなかった。

青痣《あおあざ》は放っておいても数日で消えるだろう。涼子としては、へこんでいる亜由美の精神状態のほうが心配だった。

「わたしが零係に配属された新人の頃、先輩とある現場に踏みこんだの」

うつむいている相棒に向かって語りかける。ロングヘアで隠されて表情は見えないが、とにかく元気づけたかった。

「犯人は三人組で銃を所持していたけど全然怖くなかった。格闘術に自信を持っていたわたしは素手で三人を制圧したわ。でも、ちょっと油断したとき、犯人たちが苦し紛《まぎ》れに発砲して、弾が先輩に当たって……」

亜由美がそっと顔をあげる。涼子はそのまま話しつづけた。

「先輩は軽傷だったけど、わたしは一気に自信を喪失して、警察を辞めることも考えた。そのとき先輩に言われたの」

いったん言葉を切ると、後輩捜査官の顔をまっすぐに見つめる。そして、当時先輩に言われたことを、気持ちをこめてそのまま伝えた。

「ミスをしたら取り返せばいい。でも、辞めたら取り返せないぞ、って」

「りょ……涼子先輩……」

囁くような声で呼びかけてくる。そして、瞳に見るみる涙が滲みはじめた。やはり辞職を考えていたのかもしれなかった。

「誰にでもミスはあるわ。肝心なのは、その後どうするかよ」

「はい……ありがとうございます」

気持ちは伝わったらしい。亜由美はいくらかすっきりした表情になり、瞳を潤ませながらつぶやいた。零係の特殊捜査官である以上、落ちこんで下を向いている暇などない。犯罪は待ってくれないのだ。

注文したカルボナーラとグラタンが運ばれてきた。

亜由美が熱々の料理を食べはじめる。先ほどは食欲もないほど落ちこんでいたが、少しずつ元気を取り戻していた。

「ところで、また射撃の腕前をあげたわね」

「え？　そんなことないですよ」

「訓練してるんでしょう。わかるわよ」

陰で努力していることを知っている。亜由美の射撃テクニックはすでに涼子を超えていた。

「今日もあなたが援護してくれたから、わたしは安心して飛びこめたのよ」

部下の活躍を認めて褒めることも、上官の役目だと思っている。実際のところ、信頼できる相棒だと常日頃から思っていた。

非合法な潜入捜査を数多く行っている零係では、ときとして命を危険に晒す現場に遭遇する。個々の能力の高さはもちろんだが、相棒とのコンビネーションが互いの命を守り、ひいては任務を成功させる大きな要因となっていた。

「大丈夫です。わたし、辞めたりしません」

いったんフォークを置くと、亜由美はにっこりと微笑んだ。なにかを吹っ切ったように晴ればれとした笑顔だった。

「だって、涼子先輩といっしょにいたくて、湾岸北署の零係を志願したんですから」

「藤崎……」

胸に響くものがあった。涼子は腹にぐっと力をこめて、溢れそうになる感情を抑えこんだ。

（まだ、あのときのこと……）

無理をしているのが手に取るようにわかってしまう。

亜由美はいまだに過去の出来事に囚われていた。上官としてではなく、同じ女性として彼女の苦しみと怒りが理解できる。だからこそ、トラウマを克服させてあげたいという気持ちが強かった。

配慮が足りなかったと反省している。

女性被害者がよってたかって犯されている現場を目の当たりにして、亜由美が憤怒のあまり冷静さを欠くのは予想できたことだった。彼女自身も卑劣な男に襲われた体験があるのだから……。

あれは二年前のことだった。

亜由美は警察学校を出ていったん通常勤務を経験した後、能力の高さを認められて特殊捜査官を養成する訓練学校へと進んだ。

当時、涼子はすでに湾岸北署の零係に配属されていたが、臨時教官として訓練学校に呼ばれる機会が多かった。

訓練学校時代、涼子は格闘術でずば抜けた強さを発揮し、男性教官を何度もやり込めていた。スポーツ万能で訓練学校を首席で卒業したため、後輩たちの目標という意味においても臨時教官に適任だった。

二年前のあの日も、柔道の指導をすることになっていた。

ところが、追っていた事件に急展開があったため行けなくなった。朝のうちに断りの電話を入れておいたのだが、思った以上に事件が早期解決して午後から身体が空いた。そこで当初の予定通り、訓練学校に向かったのだ。

更衣室で柔道着に着替えて気合いを入れる。

すでに何度も後輩たちの指導を行っているが、涼子の牙城に迫るものは男子を含めてひとりもいない。それでも、がむしゃらに向かってくる後輩たちを頼もしく感じていた。

今日も激しい稽古《けいこ》になることを予想しながら、道場に入ろうと引き戸に手を掛けたときだった。

（おかしいわ……）

ふと、そう感じた。練習の声がまったく聞こえてこない。いつもなら気合いの入った声や、畳を叩く音が響いているはずだった。

練習日を間違えたのかと思ったが、なにやら微かに話し声が聞こえてくる。涼子は首をかしげながら、引き戸に耳を近づけた。

「……ンぁっ」

女性の呻き声だ。やはり誰か稽古をしているのだろうか。

「は……ンン……」

なにやら苦しげな声だった。これまでとは異なる雰囲気を感じて、なんとなく道場に入るのを躊躇《ちゆうちよ》してしまう。

「はンっ……ます」

女性がなにかをつぶやいた。はっきり聞き取ることはできなかったが、なにかを訴えるような声だった。さらに衣擦《きぬず》れの音も聞こえてきた。

（寝技の稽古？）

そう考えると、畳を叩く音が聞こえないのも納得できる。

投げ技はもちろんだが、押さえ込みや関節技といった柔道の寝技も、犯人を確保する際に有効だ。

それにしても道場が静かすぎる。

マンツーマンで稽古をしているのだろうか。涼子が断りの電話を入れたので、練習メニューが変わったのかもしれない。そうだとしたら、突然現れたら迷惑になるのではないか。

念のため練習内容を確認してから、参加するか決めたほうがいいだろう。

引き戸に手を掛けて、ほんの少しだけ開けてみる。邪魔をしないようにわずかな隙間を作り、そっと顔を近づけた。

(やっぱり、寝技ね)

百畳以上ある広い道場の中央で、柔道着姿の二人が横たわっている。仰向《あおむ》けになった人物に、もうひとりが横から覆い被さる横四方固めの体勢だった。

仰向けになっているのは、涼子も何度か稽古をつけたことがある藤崎亜由美だ。腕力は弱いが筋はいい。今いる訓練生のなかで一番期待していた。

上に乗って抑えこんでいる巨漢は小笠原康造《おがさわらこうぞう》。かつては特殊捜査官だったが五十を過ぎて現場を離れ、今は教官として後進の指導に当たっていた。涼子も訓練生時代に稽古をつけてもらったことがある教官だった。

それにしても、なにか様子がおかしい。小笠原は亜由美の上に乗ったまま、まったく動こうとしなかった。

「うぅっ……こ、こま……ます」

掠れたつぶやきが漏れてくる。引き戸に隙間を作ったので、先ほどよりもはっきり聞き取ることができた。

――困ります。

そう言ったのではないか。

押さえ込みや関節技でギブアップを宣言する際には「参った」と言うはずだ。柔道の稽古中に「困ります」などという言葉はまず使わない。

目を凝《こ》らして、道場内の二人の様子を観察する。

上に乗っている小笠原の動きが、なにやらおかしかった。亜由美の身体をぶ厚い胸板で圧迫するように制して、右手で脚を押さえている。その右手が道着の股間をまさぐっているように見えた。

（まさか、そんなはず……）

なにしろ離れているので、はっきり確認することはできない。自分の見間違いの可能性もあるので、先走った行動は取れなかった。

「ンはっ……や……」

「どうした。これくらいで参ったするのか？」

初めて小笠原の声が聞こえてきた。嗄《しわが》れた低い声音《こわね》で、弱い者を嬲るような響きが不快だった。

「ま、参った……ンンっ、参りました」

亜由美が腰をもぞもぞとよじり、掠れた声で「参った」を宣言する。ところが、小笠原は上に乗ったまま押さえ込みを解こうとしなかった。

「簡単に参ったをするようじゃ稽古にならんだろう。死に物狂いで抵抗してみろ。現場に出たら犯人は許してくれないんだぞ」

確かに言っていることは間違っていない。訓練学校で楽をすれば、必ず現場に出て苦労する。後々のために厳しい訓練を受けておいたほうがいいとは思う。しかし、小笠原の右手は、相変わらず彼女の股間周辺に置かれていた。

「あンっ、そこ……いやです」

「おかしな声を出してどうしたんだ？」

「きょ、教官の手が……」

「俺の手がどうした？」

小笠原は薄ら笑いを浮かべながら、とぼけたように問いかける。そうして、右手の指先で彼女の股間をグニグニと刺激した。

「あンンっ……あ、当たってます」

「だから、どこに当たっているというのだ」

「そ、それは……」

　亜由美が頬を染めて言い淀む。すると、小笠原はますます図に乗って、道着の股間をいじりまわした。

「ンンっ……い、いやです」

「ほう、なかなか色っぽい声が出てきたじゃないか。さては色仕掛けで犯人を油断させるつもりだな。悪くない考えだ」

「そ、そんなこと……やンンっ」

「まさか本当に感じているわけじゃないだろうな。これが実戦だったら、このまま犯人にレイプされてしまうぞ」

　男の指が亜由美の股間で執拗に蠢《うごめ》いている。彼女の足が力なく青畳を擦っているのが、なにやら艶《なま》めかしく感じられた。

　亜由美の妙に掠れた呻き声と、小笠原の下卑《げび》た息遣いが道場に響いている。どう考えても普通の稽古とは思えなかった。

（こ、こんなことが……特殊捜査官の訓練学校で……）

　涼子はショックのあまり、引き戸の外に立ち尽くしていた。

　隙間に顔を寄せたまま身動きすることができない。捜査官に強い誇りを持っているが故《ゆえ》に、目の前の光景を信じたくない気持ちが強かった。

「も……許してください」

「なにを言ってる。犯人が許してくれるはずないだろう。こうなったら特訓だ。自力で逃げてみろ」

小笠原は意地悪く囁くと、亜由美の腰に馬乗りになる。縦四方固めの体勢に似ているが、もはやこれは柔道の稽古ではない。男の手が亜由美の柔道着の襟にかかり、いきなり左右に割り開いた。

「あぁっ……」

白いTシャツに包まれた乳房の膨らみが露わになる。かなりの大きさだということが遠目にもわかった。

「情けない声をあげるな。敵に弱みを見せてどうする」

さらに強引にTシャツをまくりあげていく。すると、純白のブラジャーが露わになり、染みひとつない柔肌の谷間まで男の視線に晒された。

「い、いやです……こ、こんなこと教官がするなんて」

「俺はなにもしてないぞ。わかっていると思うが、これは稽古だからな」

小笠原は自分を正当化するように語りかけると、グローブのようにごつい手を、ブラジャーに包まれた双乳にあてがった。

「い、いやっ、ああっ、いやあっ！」

乳房がグニュッとひしゃげて、ピンクの唇から悲鳴が迸《ほとばし》る。しかし、小笠原は構うことなく揉みつづけた。

「特殊捜査官になりたかったら、俺に逆らわないことだ。格闘術の合否を決めるのは俺だからな」

「誰か、ああっ、誰か助けてください！」

「いい声で泣くじゃないか。こういうとき、柔道場は防音設備がしっかりしてるから便利だな。ちなみに他の連中には、今日の稽古は休みになったと言ってある。誰も来ないから安心して喘いでいいぞ」

信じられない言葉を吐きながら、訓練生の乳房を好き放題に捏ねまわす。どこまでも卑劣な、性根《しょうね》の腐りきった教官だった。

(まさか、こんなひどいことが……いくら上官でも見逃すわけにはいかない)

涼子は奥歯をギリギリと食い縛り、握り締めた拳を震わせた。

警察組織は絶対的な縦社会だ。とはいえ、これほど悪質なセクハラ指導を許すわけにはいかなかった。

「小笠原教官！」

涼子は引き戸を勢いよく開け放ち、次の瞬間には全速力で駆けだした。

小笠原の反応は元特殊捜査官だけあって素早かった。とっさに立ちあがり、道着の襟を摑もうと手を伸ばしてくる。しかし、涼子は走ってきた勢いでジャンプして、渾身の膝蹴りを顎に叩きこんだ。

「うごおおッ……」

一撃で勝負は決まった。一拍置いて、小笠原の巨体がスローモーションのように崩れ落ちた。

「もう大丈夫よ」

かたわらにしゃがみこみ、怯えきって動けない亜由美をそっと抱き起こす。やさしく声をかけると、彼女はまるで凍えたように震えだした。

「わ、わたし……うっうぅぅっ」

嗚咽《おえつ》が溢れて言葉にならない。涼子はそんな亜由美を抱き締めて、いつまでも背中を擦りつづけた。


「……ぱい……涼子先輩？」

何度も呼ぶ声が聞こえてくる。

「……え？」

「どうしちゃったんですか？　ボーッとして」

亜由美が向かいの席から心配そうに見つめていた。物思いに耽《ふけ》っていた涼子は、はっと現実に引き戻された。

「あ……ごめんなさい。少し疲れたみたい」

慌てて取り繕《つくろ》いながらも、思わず口もとをほころばせる。

二年前は泣きじゃくるだけだった亜由美も、少しは成長したらしい。こうして心配してもらえることが嬉しかった。

「なに笑ってるんですか？」

「なんでもないわ。ふふっ」

「気になります。わたしのことですか？」

亜由美は自分が笑われたと思って唇を尖らせる。そんな子供っぽいところは昔のままで、それがなおのことおかしかった。

5

涼子は後輩捜査官と別れてひとり暮らしのマンションに帰ると、いつものようにバスルームに直行した。

脱衣所で服を脱いで、黒いレースのブラジャーとパンティだけになった。

厳しい訓練と過酷な任務で鍛え抜かれた肉体は、研ぎ澄まされた日本刀のように凄みのある光と官能美を放っている。捜査官としての能力が磨かれるほどに、女性としての魅力も増していた。

バストとヒップはボリュームがあるのに、ウエストは折れそうなほどにくびれている。手足がスラリと長く、まるでモデルのようなプロポーションだ。肌は透《す》き通るように白く、とくに豊満な乳房の谷間はつきたての餅のように滑らかだった。

洗面台の鏡に身体を映して、怪我の具合をチェックする。

殴られた右の前腕部に痣ができていた。もう痺れはほとんど消えており、押さなければ痛みもない。明日からの任務にもほとんど支障はないだろう。

両手を背中にまわしてブラジャーのホックをプツリと外す。途端に釣鐘《つりがね》型の大きな乳房がまろび出る。先端では淡いピンクの乳首が揺れていた。

パンティをおろすと、秘毛がうっすらとしか生えていない恥丘が露わになる。猫毛のような細い繊毛が申し訳程度にそよぐだけで、股間の奥からつづく縦溝がはっきりと透けていた。

この均整の取れた肉体は、しばらく誰の目にも晒していない。

特殊捜査官である以上、普通の女性のような幸せを摑むのは難しい。とにかく、今は卑劣な犯罪者を許せない気持ちが強かった。それでも、心の片隅では穏やかな家庭を築きたいとも思っている。いつか素敵な男性が現れて、静かに暮らせる日が来るのだろうか……。

鏡に映った自分の肢体から視線を逸らしてバスルームに移動した。

今日は銃を使ったので、硝煙の匂いが身体にこびりついている。早く洗い流してすっきりしたかった。とはいっても、実際に火薬の匂いがするわけではない。ただ、寝室に過酷な任務の記憶を持ちこみたくないだけだ。

身体を流すことで、普通の生活に戻れるような気がする。だから帰宅すると、すぐにシャワーを浴びるのが日課になっていた。

「ふぅっ……」

熱い湯を頭から浴びると、思わず溜め息が溢れだす。

降り注ぐ無数の水滴が、皮膚に当たって次々と弾ける感覚が心地いい。

ボディソープを手にとって泡立てると、さっそく全身を清めていく。タオルを使わず手のひらで洗うのが習慣だ。

腕からはじまり、首筋から腋の下、たっぷりとした乳房の丸みをヌルヌルと撫でまわす。柔らかい乳首をそっと擦ると甘い痺れが走り抜けた。

「ンっ……」

思わず身体がピクンと震えて、意識が乳房の先端に集中する。さらなる刺激を欲するように、乳首が瞬く間に尖り勃ってしまう。乳輪ごとぷっくりと膨らみ、キュウッと硬く隆起した。

乳房から手のひらを引き剥《は》がし、くびれた腰の曲線を撫でおろす。臍《へそ》のまわりで円を描き、恥丘にもボディーソープの泡を塗りつけた。

こうして身体に直接触れることで、徐々に気持ちがほぐれてくる。指先に自分の体温を感じると、生きている実感を味わえるような気がした。常に死を意識しているせいか、こういう時間が愛《いと》おしかった。

下肢もボディソープで清めると、再び熱いシャワーで全身を流していく。張りのある肌はなおのこと艶《つや》やかになり、気分がさっぱりとリセットされた。


「ううんっ」

月明かりが差しこむベッドの上で、涼子は何度も寝返りを繰り返していた。

青白く照らされたシーツに、白いキャミソール一枚だけを纏った身体を横たえている。寝るときくらいは自由でいたいと思い、締めつけ感のあるブラジャーとパンティは着けないようにしていた。

身体は疲れているのにどうしても寝付けない。仕方ないので、先ほど寝酒のつもりでブランデーを一杯飲んでみた。ところが、それが逆効果だったらしく、全身が火照《ほて》ってなおさら眠れなくなってしまった。

「はぁ……」

またしても寝返りを打ち、ブランデーの香りがする溜め息を漏らした。

いっこうに睡魔が襲ってこない。いや、睡魔はすぐ近くにいるのだが、それ以外の感情が強すぎた。

(なんだか、身体が熱いわ)

室温はさほど高くない。むしろ涼しいくらいだ。それなのに、身体の奥の方が燃えるように熱かった。

「ンぅっ……」

思わず自分の身体を強く抱き締める。薄いキャミソールの下で、乳房がフニュッと柔らかくひしゃげるのがわかった。

捜査で女性が嬲られる姿を目撃したせいだろうか。

意識しているつもりはなかったが、今頃になって脳裏によみがえってくる。どうやら、深く印象に刻まれているようだった。

(あの人、確か小百合さんっていったわね……)

鮮明な画像が頭のなかにひろがっていく。

横浜港の倉庫で目にした光景を思いだすほどに、なおのこと身体が熱く火照ってしまう。乳房の下で両腕を交差させてギュッと力をこめる。すると、キャミソールに包まれた乳房が押しあげられて、襟ぐりから覗く谷間が強調された。

(無理やり、犯人の……)

犯人の野太いペニスをしゃぶらされて、射精に導く姿は衝撃的だった。好きでもない男に奉仕するのは、いったいどんな気持ちだろう。しかも、口内に注ぎこまれた精液をすべて飲みくだしていた。見ているだけで口のなかに苦みがひろがり、吐き気を覚えたほどだった。

しかし、その一方で妙な興奮を覚えていたのも事実だ。

卑劣な男に弄ばれる美しい人妻の姿を目の当たりにして、これまでにない感覚に襲われていた。

(小百合さんも、きっと……)

拉致されて酷い調教を受けてきたのは間違いない。だから、犯人のペニスをしゃぶって精液を飲むことができたのだろう。

最初は抗っていたが、途中から彼女は被虐《ひぎゃく》的な快感に浸っていたのではないか。淫らな奉仕を強要され、執拗に嬲られることで肉体は感じていたのではないか。

「ああっ……」

ついキャミソールの上から、乳房に手のひらを重ねていた。そっと握り締めて柔肉に指を沈みこませる。すると途端に、切なげな溜め息が溢れだした。

以前にも性犯罪にかかわると、今夜のように眠れなくなることがあった。

原因はわかりきっている。零係に所属するエリート捜査官とはいえ、三十路《みそじ》を迎えた女であることに変わりはない。熟れた身体を疼《うず》かせて、行き場のない性欲を持て余していた。

捜査一課に在籍していたときは同僚刑事の恋人がいたが、涼子が零係という特殊な部署に配属されたことで上手《うま》くいかなくなった。

以来三年間、涼子は男性に抱かれていない。二十代の頃は性欲などほとんど感じたことがなかった。それなのに、今は切実なまでに求めている。年齢とともに身体が成熟したのか、温《ぬく》もりが欲しくてたまらなかった。

「あっ……ンンっ」

内腿を軽く擦り合わせると、思わず小さな声が漏れた。

股間の奥でクチュッと湿った音がして、なおのこと欲望が膨れあがる。横向きになって背中を丸めると、ぴっちり閉じた内腿をもどかしく蠢かせた。

「はンンっ」

同時にキャミソールの上から乳房を揉みしだく。豊満な柔肉に指を食いこませて、ゆっくりと捏ねまわした。

「あンっ、わ、わたし……」

身体をまさぐるほどに、体温があがっていくような気がする。股間の奥がムズムズして、もうじっとしていられない。認めたくないが間違いなく欲求不満だった。

「こ、こんなこと……ンンっ」

両手で乳房を握り締めて、さらに強く内腿を擦り合わせる。背中を反らしたり丸めたりを繰り返し、腰を前後に揺さぶった。しかし、そんなことをしても欲求が募るばかりで、ますます疼きが増していく。

「も……もう……」

もう我慢できなかった。仰向けになると右手を下半身に伸ばして、キャミソールの裾《すそ》をそろそろとたくしあげる。陰毛がわずかに茂る恥丘に手のひらを重ねると、縦溝に沿って中指をそろそろと内腿の付け根に滑りこませた。

「あっ……あっ……」

月明かりで照らされた寝室に、遠慮がちな喘ぎ声が響き渡る。やがて指先が柔らかいクリトリスに触れると、腰がビクンッと跳ねあがった。

「あああッ！」

鮮烈な刺激が股間から脳天に突き抜ける。肉豆をクリクリと転がすたび、膝が自然と開いていく。次々と快感電流が湧き起こり、大股開きのままヒップがシーツから浮きあがった。

「も、もっと……はンンっ」

涼子は囁くようにつぶやき、キャミソールの肩紐をずらして乳房を剝きだしにする。柔肉を直接揉みしだき、宙に浮かした腰をゆらゆらと左右に揺らす。クリトリスは指を押し返すように硬くなり、割れ目から大量の華蜜が溢れだした。

「あンっ、もうこんなに……」

恥ずかしい汁が滾々《こんこん》と溢れて、尻の穴までぐっしょりと濡らしている。指先で掬《すく》いあげて勃起した肉芽に塗りつけると、さらに快感が高まった。

睫毛を伏せて自分の身体をまさぐりながら、またしても倉庫でレイプされていた小百合の姿を思い浮かべる。

立ったまま背後から犯されて、たまらなそうに喘いでいた。抗っていたのは最初だけで、途中から快楽に身をまかせていたのは間違いない。腰を打ちつけられるたびに、歓喜の嬌声《きょうせい》を迸らせて自ら腰を振っていた。

(ひどいことされてたのに……)

虐げられて感じるように調教されたのだろうか。それとも、犯人たちの機嫌を取るため、感じている振りをしていたのか……。

いや、あれは本気で感じていた。演技ではない本物の迫力が伝わってきた。小百合は両手にもペニスを握らされて、嬉しそうにしごきまくっていた。

「わ、わたし……おかしいわ……はああっ」

脳裏に思い浮かべた小百合の顔が、いつしか自分に置き換わっている。裸に剝かれて、獣《けもの》のような男のペニスで犯されてしまう。

「挿《い》れないで……あううっ」

涼子は右手の中指を膣口にあてがうと、躊躇することなく沈みこませる。濡れそぼっている女壺は、いとも簡単に指を呑みこんでいった。

「あああっ、いやぁっ」

すっかり気分を出して喘ぎ声を振りまいた。

銃を奪われ、大勢に押さえつけられ、どう抗っても敵《かな》わない。野太いペニスをねじこまれて、欲望の捌《は》け口として扱われる。悔しくてならないのに、なぜか肉体は意志を裏切り昂《たか》ぶっていく。

(ああっ、こ、こんなこと……わたしは、なにを……)

頭の片隅では、このふしだらな妄想をやめなければと思っている。実際に遭遇した犯罪行為を思い浮かべてオナニーに耽るなど、捜査官として恥ずべき行為だ。わかっているのに、どうしてもやめることができなかった。

妄想はどんどんひろがっていく。

囚われの身となった涼子は、為《な》す術《すべ》もなく犯されている。屈強な男たちに取り囲まれて、代わる代わる貫かれていた。

「あンっ、やめなさい……」

実際に声を出すと、ますます気分が盛りあがる。抗いの台詞《せりふ》をつぶやきながら、中指をズブズブとピストンさせた。

「ああっ、やめて……動かさないで」

もちろん、なにを言っても許してもらえない。涼子の感じる場所を見抜いて、野太いペニスで擦りあげてくる。

「あっ……あっ……ダ、ダメ、そんなにされたら……」

まわりからも手が伸びてきて身体中をまさぐられる。涼子は左手で乳房を揉みまくり、硬くなった乳首を指先で摘《つま》みあげた。

「はああッ、やっ……ああッ、やめてぇっ」

甘い声を抑えることはできない。大股開きで腰を揺らし、乳首を刺激しながらよがり泣く。卑劣な男たちに犯されていると思うと、なおのこと感じてしまう。捜査官のプライドをズタズタにされて、ついにアクメの高波に呑みこまれていく。

「こ、こんなこと、いけないのに……ああッ、も、もうっ」

中指を深く埋めこみ、鉤《かぎ》状に折り曲げる。指の腹で膣壁を抉るように擦ると、頭のなかが真っ白になるほどの快感が突き抜けた。

「あああぁッ、ダ、ダメっ、もうイクっ、あああッ、イクううゥッ！」

腰をビクンッビクンッとバウンドさせながら昇り詰めた。全身の皮膚がじっとりと汗ばみ、唇の端からは涎《よだれ》が溢れていた。

中指を引き抜くと同時に、浮いていたヒップがシーツに落ちる。口を開けたままの女穴からは、透明な汁がピュッ、ピュッと細かな飛沫《しぶき》となって溢れていた。

（どうして……こんなこと……）

自分を制御することができなかった。

絶頂の余韻《よいん》に浸りながら、肉欲に溺れてしまったことを後悔する。そして、自分のなかに潜んでいる被虐願望を恐れて、すくめた肩を小刻みに震わせた。

第二章　淫らな潜入捜査

1

（やだ、こんなドレス……）

亜由美は鏡に映った自分の姿を見て、思わず心のなかでつぶやいた。

身体のラインがよくわかる深紅のタイトドレスだ。肩も鎖骨《さこつ》も剝きだしのデザインで、内側にカップがあるのでブラジャーは着けていない。しかも、胸の中央に大きな切りこみが入っているため、乳房の谷間が大胆に露出していた。

裾も極端に短く、むっちりした太腿が付け根近くまで覗いている。ハイヒールも挑発的な赤だった。こんな格好で人前に出ることを考えただけで、羞恥のあまりに目眩《めまい》がしてくる。

（こんな格好させられたんだもの。絶対に証拠を摑まないと）

渡されたきわどいドレスに身を包み、亜由美は真っ赤になりながら気合いを入れ直した。

ここは会員制高級地下クラブ『プラチナレディーズ』の更衣室だ。

この店には以前から悪い噂が流れていた。麻薬等を使用して女性を性奴隷に堕《お》として売春させ、さらに海外へ人身売買しているらしい。日本人女性は海外で人気があり、高く売れるという。しかし、あくまでも噂の域を出ておらず、具体的な証拠は摑めていなかった。

警察もマークしているところだったが、先日横浜港から女性が海外に売られそうになった一件で事態が動いた。

あの五人の女性たちのなかに、以前このプラチナレディーズでホステスをしていた者がいたのだ。ただ精神を病《や》んでいたため、確実な証言を得ることはできなかった。おそらく薬漬けにされたうえ、過酷な性調教を受けていたと思われる。

そこで、零係が潜入捜査を行うことになった。

当初は涼子が潜入する予定だったが、亜由美が自ら強く志願した。ホステスとして働きながら、数日に渡ってこの店を調査する予定だ。

単独での潜入捜査はこれが初めてだが、先日のミスをなんとしても取り返したいという思いが強かった。憧れの先輩に怪我をさせたことを負い目に感じている。涼子は気にしなくていいと言ってくれたが、そういうわけにはいかなかった。

零係の息がかかった仲介人の協力を経て、亜由美は偽名でプラチナレディーズの面接を受けた。

愛らしい顔立ちとモデル並のプロポーションが有利に働き、面接を楽々とクリアして本日いよいよ初出勤となった。

麻薬と人身売買の件を、徹底的に調査するのが任務だ。

銃や刃物といった武器は携行していない。いずれにせよ、このドレスでは隠す場所などなかった。

万が一のことを考えて、身元がばれる物はいっさい持ちこまないのが潜入捜査の基本だ。亜由美は新人ホステスとして業務をこなしつつ、さりげなく周囲を探っていくことになる。場合によっては長期戦になる可能性も高かった。

「ミカ、準備はできた？」

更衣室のドアがノックされて、投げやりな女の声が聞こえてきた。

ホステスたちを仕切る女マネージャー、坂下恵理《さかしたえり》だ。「ミカ」というのは、亜由美の源氏名《げんじな》で、つい先ほど恵理からつけられたものだった。

「はい、大丈夫です」

返事をするとドアが開き、白いスカートスーツ姿の恵理が入ってきた。

ブラウンのふんわりとしたロングヘアで、肉厚のぽってりした唇に真っ赤な口紅を塗っている。研ぎ澄まされたナイフのように鋭い瞳が特徴的だ。派手なのに冷徹な感じがするのは、容姿が整いすぎているからだろうか。

事前の調査ではなにも出てこなかった。恵理は夜の世界を渡り歩いており、過去にもキャバクラやソープなどでマネージャーをしていたようだ。三十四歳ということだが、犯罪にかかわった記録はいっさいなかった。

だからといってシロとは限らない。この手の業界には、クロに限りなく近いグレーの人間が無数にいる。恵理のように長く風俗にかかわりながら、一度もトラブルを起こしていないシロというのは逆に不自然だった。

「ドレスのサイズはぴったりね。なかなか似合ってるじゃない」

恵理は無遠慮に眺めながら、ゆっくりと近づいてくる。

にこりともせず、まるで品定めをするような瞳だ。ドレスに着替えた亜由美を、それこそ頭の先からつま先まで舐《な》めるように見つめてくる。そして、入念なチェックを終えると満足そうに頷いた。

「これならすぐに客がつきそうね。黒髪のストレートもいい感じだから、勝手に染めるんじゃないよ」

「あの……そんなに見られたら、恥ずかしいです」

亜由美は赤面して肩をすくめてみせる。半分は本気で半分は演技だ。

以前は普通のＯＬで、水商売は初めてということになっている。だから、羞恥心を隠す必要はなく、ごく自然に振る舞うことができた。

「その初心《うぶ》な感じが男にはツボだろうね。うちはギャラがいいから、固定客がつけば借金なんてすぐに返せるよ」

「は、はい……」

面接では、あらかじめ考えてきたもっともらしいストーリーを語った。

悪い男に引っかかって多額の借金を作り、その返済に追われている元ＯＬという筋書きだ。馬鹿な女と思わせることで、潜入捜査がやりやすくなる。まずは信じこませることが重要だった。

「でも、そのドレス、本当に似合ってる」

恵理がすぐ目の前まで迫ってきた。

亜由美よりずっと背が高く、プロポーションもかなりのものだ。白いジャケットの襟もとから覗く黒のキャミソールは、大きくこんもりと膨らんでいる。腰は細く絞られており、タイトスカートのヒップはパンッと張り詰めていた。

「悪い男に騙されて借金を作ったのよね？」

「はい……」

「貢《みつ》いでたの？」

冷たい瞳で見おろしてくる。甘い吐息が顔にかかり、亜由美は思わず気圧《けお》されそうになってしまう。

「は、はい……」

「相手はホストかなにか？」

「い……いえ……」

「会社の同僚とか？」

突っこんだことを聞かれて、背中に嫌な汗が滲んでくる。

（もしかして、疑われてる？）

一気に緊張感が高まってきた。

潜入捜査が敵にばれたら大変なことになる。零係の過去に失敗事例があると聞いたことがあった。

命を落とすだけならまだましかもしれない。犯罪集団に囚われた捜査官は、男なら拷問にかけられ、女なら気が狂うまで犯されて性奴隷に堕とされることも多々あるという。

武器を携行していないので、敵が銃を所持していたら手も足も出ない。単独潜入のプレッシャーから、悪いことばかりが頭に浮かんでくる。とにかく気持ちを落ち着けなければならない。冷静な判断力を失ったら墓穴を掘ることになってしまう。

「それとも、上司？　あんた、年上の男にもてそうね」

執拗に尋ねられて、精神的に追い詰められていく。

ばれたときは、逃げることを最優先するのも潜入捜査の基本だ。亜由美は頬の筋肉をこわばらせながら、やっとのことで頷いた。

「ふうん、そう」

恵理はじっと瞳を覗きこんでくる。心の奥まで見透かされている気がした。

「男なんてやめときな。バカを見るだけだよ」

まっすぐに見つめられて、なにも答えられなくなる。すると、恵理はふっと唇の端に笑みを浮かべた。

「本当に可愛い顔してるわね」

顎に指を添えられて、背筋がゾクッとする。これまでにない寒気にも似た感覚が、一瞬にして全身を走り抜けた。

「あ、あの……」

ねっとりとした瞳で見つめられて、胸の内側がもやもやする。手を振り払って逃げだしたい衝動に駆られたとき、恵理はふっと離れて背中を向けた。

「店に出る前に、店長に挨拶するよ。ついてきな」

そのまま更衣室を後にすると、店のフロアとは反対方向に廊下を歩いていく。亜由美は慌てて恵理の背中を追いかけた。潜入一日目にして、店の裏側を見ることができるチャンスだった。

恵理は薄暗い廊下を進み、ふたつ並んだドアの前を通り過ぎる。廊下の突き当たりにもドアがふたつあり、それぞれ『店長室』『マネージャー室』と書かれた札がかかっていた。

「新人のホステスを連れてまいりました」

店長室の前に立った恵理が、ドアをコンコンとノックする。

彼女が背筋を伸ばしている姿を見て、亜由美の緊張感も高まった。

事前に店長のことも調査してある。ところが、豊田哲生《とよたてつお》という名前と四十七歳であること以外はわからなかった。

情報が出てこないこと自体が胡散臭い。零係で使っているタレコミ屋を総動員しても、ろくな情報は集まらなかった。よほど危険な人物で、誰も語ろうとしないのかもしれない。

「入っていいぞ」

ドア越しに低くて腹に響くような声が聞こえてくる。恵理がドアを開けて入室し、亜由美もすぐ後につづいた。

店長室は窓のない十畳ほどの空間だった。奥に木製の大きなデスクがあり、その向こう側に厳《いか》めしい顔の男が座っていた。

黒いスーツを着ており、白髪混じりで中年太りの体型だが、骨太でがっしりしている。眉が太くて、いかにも押しの強そうな雰囲気が漂っていた。

「豊田さん、彼女が今度入ったミカです」

恵理は先ほどとは打って変わり、丁寧な態度で頭をさげていく。豊田は鷹揚《おうよう》な態度で頷き、片方の眉をピクリとあげた。

亜由美と涼子のような信頼関係は感じられないが、なにやら強固な繋がりがあるようだ。裏社会を歩く者同士の利害関係だけかもしれない。いずれにせよ、二人は明らかに堅気《かたぎ》とは異なる危険な空気を纏っていた。

「そうか、新人が入るんだったな」

豊田は椅子から立ちあがり、デスクをまわりこんでくる。口もとにいやらしい笑みを浮かべて、亜由美のことをじろじろと見つめてきた。

「ミ、ミカです。よろしくお願いします」

源氏名を名乗り、頭をペコリとさげる。極度に緊張している初心な女を装ったつもりだ。実際のところ緊張しているのだが、それがいい方向に作用していた。

「なかなかの上玉じゃないか」

顔を覗きこまれたと思ったら、タイトなドレスで強調された胸もとや腰つき、尻まわりにも視線が這《は》いまわってくる。剝きだしの太腿もじっくりと見られて、恵理のときと同じように全身をチェックされた。

(ああ、そんなに見ないで……)

亜由美は視姦されているような気持ちになり、思わず肩をすくめて内股になる。するとと豊田は顔を近づけて、ぐっとにらみつけてきた。会員制高級地下クラブを経営しているだけあって迫力がある。これまでかかわってきた犯罪者とは異なる、危険な匂いが漂っていた。

「ふむ、使えそうだな」

豊田は納得したようにつぶやき、女マネージャーに意味深な視線を向ける。それを受けて、恵理も目顔で頷いた。

(使えそう、ってどういうこと?)

この男にとって、ホステスは商品にすぎないのだろうか。だから、物を扱うような言い方しかできないのかもしれない。不快な気分になり、亜由美は思わず視線を逸らした。

「なにか不満か?」

「い、いえ……そういうわけでは……」

気持ちが顔に出ていたらしい。慌てて取り繕うが、内心では女を食い物にする商売が許せなかった。

「仕事は恵理に教えられたとおりにやればいい」

豊田が偉そうに顎をしゃくると、すかさず恵理が動いた。

「行くよ。ついてきな」

またしても、彼女の後ろについて歩いていく。いよいよホステスとしてデビューするときがやってきた。

「最初に言っとくけど、あんたはまだ試用期間だからね。ホステスに向いてないと思ったら、すぐに辞めてもらうよ」

「はい……」

不安はあるが、とにかくやるしかない。本格的に捜査ができるのは、ホステスとして溶けこんでからだ。まずは仕事を覚えて、敵の警戒心を取り除かなければ話にならなかった。

廊下を進んで薄暗いフロアにやって来た。

まだ開店して間もないというのに、すでにすべてのテーブルが埋まっており、タバコの煙が充満している。酔っぱらった男性客の下卑た笑い声と、ホステスの媚びる声があちこちから聞こえていた。

フロアには黒いスーツに蝶ネクタイのボーイが数人立っている。どの男も屈強な体をしており、目つきがやけに鋭い。おそらく、ただのボーイではなく、用心棒を兼ねているのだろう。

「一応簡単に説明しておくよ。会員制だから、お客は全員常連で金持ちばかり。くれぐれも失礼のないように」

隣に立っている恵理が耳もとで念を押してくる。

なるほど、客はほとんどが高価そうなスーツを着ており、比較的年齢層が高い。会員制であることと、料金設定が高めであることから、おのずと客層が決まってくるのだろう。

ホステスは全員が露出の多いドレス姿だ。街を歩いていたら誰もが振り返るレベルの美女を、よくこれだけ集められたものだと感心する。基本的に男性客ひとりに対してひとりのホステスがつき、酒の相手をするシステムだという。

「お客にオプションサービスを求められたら必ず応じること。ホステスに拒否権はないから。しっかりサービスするんだよ」

抑揚のない声には、有無を言わせぬ響きがこめられていた。

「あ、あの、オプションサービスというのは？」

恐るおそる問いかける。

少なくとも性的なサービスであるのは間違いないだろう。予想はしていたが、どの程度のことが行われているのか気になった。サービスも含めて受け入れなければ、ホステスとして認めてもらえないのだ。

「サキの隣のテーブルに座らせるから、彼女の真似をすれば間違いないよ。サキはうちのナンバーワンだからね」

恵理が目で示したテーブルには、スーツ姿の中年男と、ブルーのドレスに身を包んだゴージャスな雰囲気の女性が座っていた。

彼女が売上ナンバーワンのサキだ。マロンブラウンのロングヘアが内側にくるりとカールしており、ぱっちりとした瞳が印象的だった。

「隣のテーブルにお客がひとりで座ってるだろう。家電メーカーの支店長をしている安西《あんざい》さん、常連だよ。あの人につくんだ」

「いきなりひとりですか？」

「なにビビってるんだい。ちゃんと見てるから大丈夫だよ」

それはつまり客に対して失礼なことがあったら、すべてばれてしまうということに他ならない。亜由美は緊張感を高めながら頷くしかなかった。

2

「お待たせしました。ミカです」

亜由美は指定されたテーブルの脇に立つと、そこに座っている安西という男に向かって頭をさげた。

「新人さんだね、聞いてるよ。さあ、座って座って」

脂ぎった中年男で、満面にいやらしい笑みを浮かべている。さっそく粘つくような視線を胸もとに這いまわらせてきた。

「わからないことばかりですけど、よろしくお願いいたします」

「堅苦しい挨拶はいいから。ほら、座りなって」

安西は自分が座っているソファの隣をポンポンと叩いてみせる。妙に息遣いが荒くなっているのが気色悪い。それでも、捜査のためと思って隣の席に腰をおろした。

「失礼いたします」

「なに恥ずかしがってるの。もっと近くにおいでよ」

「あっ……」

いきなり肩に手をまわされて、強引に抱き寄せられる。ヌルリとした手のひらが剝きだしの皮膚に触れただけで、全身に鳥肌がひろがった。

「お、お客さま……安西さま……ンンっ」

身をよじりそうになるのを懸命にこらえる。じつは男性に触れられるのは久しぶりだった。

訓練学校時代、柔道の教官だった小笠原に襲われてから、男性を前にすると無意識のうちに身構えるようになっていた。完全に拒絶しているわけではないが、警戒心が強くなっているのは確かだった。

(でも、我慢しないと……)

胸のうちで自分自身に言い聞かせた。

フロアの入口では、恵理がこちらをじっと見つめている。客に失礼な態度を取れば、ホステスをクビにされるかもしれない。そんなことになったら、潜入捜査は完全に失敗だ。

隣のテーブルをチラリと見やる。サキも中年客に肩を抱かれているが、余裕の笑みを浮かべていた。これくらいのことは普通にできないと、ホステスは務まらないのだろう。

「俺は常連だからさ、いろいろ教えてあげるよ」

安西は耳に生温かい息を吹きかけて、肩をヌメヌメと撫でまわしてくる。あまりのおぞましさに、首を亀のようにすくませていた。

「ンぅっ……」

「初心な反応だねぇ。耳が感じるのかい？　それとも肩かな？」

「か、感じてるわけでは……お、お酒をお作りします」

さらに強く抱き寄せられるが、抵抗することは許されない。亜由美は引きつった笑みを浮かべながら、テーブルの上に用意されているグラスに手を伸ばして水割りを作りはじめた。

もちろん、その間も安西は手を離そうとしない。肩から二の腕にかけて、汗ばんだ手を何度も往復させる。そして、耳の穴にフーッと息を吹きこんできた。

「はンンっ」

ボトルを持つ手が震えて、ウイスキーがこぼれそうになる。すると、安西はさらに意地悪く耳もとで囁きかけてきた。

「これは俺がキープしてるボトルだから一滴もこぼすなよ」

「あ、安西さま……」

「なにかな？　早く水割りを作ってくれよ」

男の唇が耳たぶの縁に軽く触れる。その瞬間、肩がビクッと跳ねあがり、ウイスキーがほんの少しテーブルの上にこぼれてしまった。

「あンっ……も、申し訳ございません」

困惑しながら慌てて謝罪する。しかし、安西は構うことなく肩を抱き締めて、耳についばむようなキスを仕掛けてきた。

「ほら、客を待たせるのはよくないな。いつになったら水割りが飲めるんだ？」

新人ホステスの指導をしているつもりなのか、偉そうに命令してくる。亜由美は抗うことのできない悔しさに、全身を硬直させてうつむいた。

（こんな男、わたしが本気になれば……）

訓練学校で格闘術をマスターしている。涼子ほどではないにしても、その気になればこの男ひとりくらい一瞬で倒すことができるだろう。しかし、騒ぎを起こせば潜入捜査は失敗に終わり、自分を信頼してこの役目を任してくれた涼子を落胆させることになってしまう。

捜査の目的は、セクハラサービスを行っている秘密クラブの摘発ではない。この店の裏側に潜む麻薬と人身売買に絡む犯罪の実態を炙《あぶ》りだし、全容を解明しなければならないのだ。

「ミカさん」

そこに恵理がすっと歩み寄ってきた。

客の前なので、さん付けで呼びかけてくるが目つきは鋭い。こぼれたウイスキーをさりげなく布巾で拭きながら、反対側の耳に小声で囁きかけてきた。

「しっかりやらないとクビにするよ。借金があるんだろう」

恵理は忠告だけすると立ち去った。

借金は作り話だが、このままではクビにされてしまう。亜由美は泣きそうになりながら、やっとのことでウイスキーを作った。

「お、お待たせしました」

「ミカちゃんにもごちそうするよ。もう一杯作りなよ」

安西が恩着せがましくつぶやいた。

そんなことを言っているが、悪戯《いたずら》したいだけなのは明白だ。今度は太腿に手のひらを這わせてきた。

「あっ……」

「どうしたの？　奢《おご》るからウイスキー作りなって」

ただでさえ裾が短いのに、座っているため太腿はほとんど露出している。なにかの拍子にパンティまで見えてしまいそうだ。そのうえ、ネチネチと太腿を撫でまわされて、激烈な嫌悪感が湧き起こった。

(そ、そんな……)

忠告を受けた直後で、なおのこと抵抗できない。どんなに屈辱的でも、今はひたすら耐えるだけだった。

やっとのことで自分の水割りを作ると、無理やり乾杯させられて一気飲みを強要された。アルコールは苦手なのでつらかったが、断ることができずに結局三杯も飲まされてしまった。

「さてと、いい具合に酔っぱらってきたところで、お土産《みやげ》をもらおうかな」

安西もウイスキーで目もとを赤くしながら、手のひらを差しだしてきた。

「お土産……ですか？」

「オプションだよ。知らないの？」

そう言われて思いだす。オプションサービスは絶対に断らないようにと、恵理から言われていた。しかし、サービスの内容までは知らされていなかった。

「なにをすればよろしいのでしょうか？」

「ミカちゃんはなんにも知らないんだね。ほら、隣を見てごらん」

うながされて隣のテーブルに視線を向けると、サキがなぜかドレスの裾から手を入れて、水色のパンティをおろしているところだった。

「なっ……」

亜由美は思わず両目を大きく見開いた。彼女がなにをしているのか、まったく理解できなかった。

「別料金で生パンティをプレゼントするんだよ。面白いシステムだろ？」

「い、いやっ」

脂ぎった中年男に腰を抱かれて虫酸《むしず》が走る。思わず絶叫しそうになるのを、ギリギリのところでこらえていた。

「俺はミカちゃんのパンティが欲しいなぁ」

「うぅっ……」

いくら薄暗いとはいえ、人前でパンティを脱ぐなんて考えられない。しかも、それを見ず知らずの男に渡さなければならないのだ。

(でも……やらないと、クビに……)

涙目になりながら逡巡した末、意を決してドレスの裾から手を入れていく。

ドレスは店側が用意した物だが、パンティは普段から使っている自前だった。それを思うと、なおのこと躊躇してしまう。

とにかく、今は脱ぐしかなかった。

震える指先でウエスト部分を摘むと、尻をソファから浮かして、朝から穿いている純白のパンティをそろそろとおろしていく。すぐ隣から安西のねちっこい視線と息遣いを感じている。それでも、顔を真っ赤にしながら、ハイヒールの足を片方ずつあげて、ついにパンティを抜き取ってしまった。

ドレスのなかがスースーして頼りない。しかし、それよりパンティを渡すことのほうが問題だった。

「ここに乗せて、ミカちゃんの生パンティ」

安西が卑《いや》しい顔で両手を差しだしている。捜査のためとはいえ、そこに私物のパンティを乗せる恥辱は大きすぎた。

「まだ温かいね。ううん、この匂いがたまらないよ」

「ああ……早く仕舞ってください」

亜由美は吐き気さえ覚えて、思わず首を左右に振りたくった。しかし、安西は薄布に鼻先を押しつけて、気色悪い声で唸っていた。

（もういや、耐えられない……）

脱ぎたてのパンティの匂いを嗅がれている。あまりにも恐ろしい現実に直面して、瞳に涙が浮かびあがってきた。

「安西さま、お楽しみのところ失礼いたします」

恵理の声が聞こえて顔をあげる。すると、彼女はいつの間にかテーブルの脇に立っており、営業スマイルを浮かべていた。

「ミカさんをお借りしますね。すぐに別の女の子を用意いたします」

目配せされて、ついてくるようにうながされる。亜由美は慌てて追いかけながら、内心助かったと安堵《あんど》していた。

新人のホステスが困っているのを見かねて、救いの手を差し伸べてくれたのだと思った。ところが、それは亜由美の勘違いだった。

「急いでこれに着替えるんだよ」

恵理は客の前とは打って変わった冷徹な声で告げると、ショッキングピンクの布地を手渡してきた。

「これは？」

「新人ホステスはお披露目をする決まりなのさ。お客に気に入ってもらえれば、指名が増えて借金が早く返せるよ」

どうやら新人が入ったときの恒例行事らしい。気は向かないが、もちろん断ることはできなかった。

「すぐに着替えてきます」

ためらったところで時間の無駄だ。嫌な予感を嚙み締めながら、亜由美はいったん更衣室に引きさがった。

（なに……これ？）

渡された布地をひろげて、絶望感がこみあげてきた。

それは、肌を覆う面積が異常なほど少ない極小ビキニだった。泳ぐために使用するものではなく、これを着た女を鑑賞して楽しむのが目的の卑猥な水着だ。傲慢《ごうまん》な男たちが、女をとことんまで蔑《さげす》むためのアイテムに他ならない。

（でも、着るしかないのね……）

脳裏に尊敬する涼子の顔を思い浮かべた。

悲壮な覚悟でドレスを脱ぎ、小さな水着を身に着けていく。トップスは乳首と乳輪が隠れるだけで、乳肉のほとんどが露出している。パンツは陰毛がかろうじて収まるほどの極端なハイレグカットに加えて、臀裂《でんれつ》に食いこむTバックだ。むっちりした尻肉は、完全にはみ出していた。

「や、やだ……」

鏡に映った自分の姿を見て愕然とする。

ショッキングピンクの極小ビキニを纏ったことで、全裸よりもかえって淫らに感じられた。こんな姿でフロアに戻らなければならないのだろうか。さすがに躊躇していると、いきなり更衣室のドアが開いて恵理が入ってきた。

「早くしな。あら、似合ってるじゃない」

いやらしい目で全身を舐めるように見つめられる。男とは異なる、肌に絡みつくようなねちっこさがあった。

「み、見ないでください」

反射的に背中を向けるが、手首を摑まれて強引に歩かされる。薄暗い廊下をぐいぐい引っ張られて、あっという間にフロアの入口まで連れ戻されてしまった。

「あ、あれは……」

亜由美は思わず眉根を寄せた。

なにやらフロアの奥が明るく照らされている。先ほどまでは薄暗くて気づかなかったが、そこには小さなステージが設置されていた。

「お披露目のステージさ。ほら、お客を楽しませておいで」

背中を押されて、無理やりステージに立たされる。途端に客席から「おおっ」という野太い歓声があがり、嵐のような拍手の音が響き渡った。

「ああっ……」

いきなり眩《まぶ》しいスポットライトを浴びせられて、絶望の溜め息が溢れだす。

心の準備もないまま、ひとりきりでステージにあげられてしまった。ただでさえ緊張する場面なのに、身に着けているのは極小のビキニだけ。目眩がするほどの羞恥に襲われて、思わず足もとがふらついた。

(こんなことまで……どうしたらいいの？)

逃げだしたりすれば、きっとホステスをクビにされてしまう。乳房と股間を手のひらで覆い隠し、内股になってうつむくことしかできなかった。

『お客さま、ステージにご注目ください』

設置されたスピーカーから恵理の声が流れだす。ステージの袖《そで》でマイクを握り、慣れた様子でしゃべっていた。

『新人のホステス、ミカをご紹介いたします。みなさま、ご指名よろしくお願いいたします』

恵理が煽りたてたことで、またしても客席から歓声があがる。見ず知らずの男たちにいやらしい視線を向けられて、柔肌を視姦されていく。亜由美はステージの中央で涙目になり、胸と股間を隠したまま固まっていた。

「ミカ、手をどけな」

恵理がステージの袖から直接声をかけてくる。鋭い瞳でにらみつけられたら、従うしかなかった。

「うぅっ、あんまりです……」

仕方なく気を付けの姿勢をとる。極小ビキニで乳首と陰毛をようやく隠しただけの恥ずかしい姿が、スポットライトに照らしだされた。

「そ、そんな……」

男たちの視線がますます強くなり、全身の皮膚をチリチリと灼《や》かれていく。とくに乳房の柔肌とハイレグからはみ出している恥丘に、粘着質な視線が集まってくるのを感じていた。

「その場でゆっくりまわるんだよ。お客に全身を見せるんだ」

またしても恵理が声をかけてくる。なぜか彼女まで呼吸を荒くしているのが不気味だった。

(りょ、涼子先輩……)

縋《すが》るように心のなかでつぶやいた。

尊敬する涼子のため、また事件解決のためにはやるしかない。両手を強く握り締めて、その場でゆっくりと回転する。客席に背中を向けると、Tバックが食いこんだ臀裂と剥きだしの生尻に、熱い視線が集まってきた。

「も、もう……いや……」

ついにこらえきれない涙が溢れだし、頬を伝い落ちていく。

誇りある零係の特殊捜査官として、いや、それ以前にひとりの女として、これほど屈辱的なことはなかった。

男性客の欲望に満ちた視線を全身に浴びながら、人生の理不尽さと悲哀を嚙み締める。様々な事情で返済しきれない借金を背負ったホステスたちは、こんなことまでしてお金を稼いでいるのだろうか。

悔しくて悲しくて、次から次へと涙が溢れてとまらない。それでも、途中でやめるわけにはいかなかった。

3

この日も亜由美は、プラチナレディーズの更衣室にいた。

ホステスとして潜入捜査を開始して、すでに五日が経っている。

初日こそ恥辱に耐えきれず涙したが、なんとか仕事に慣れてきた。今では先輩ホステスたちに溶けこんで、酔客をどうにかあしらえるようになっている。これもすべて捜査のためと強く心に留めて、屈辱を押し隠し、新人のホステスになりきっていた。

精神的にも肉体的にもハードな毎日だ。

昼過ぎに湾岸北署に出向き、涼子に前日の潜入捜査の報告をする。そして、夕方にはプラチナレディーズに出勤して、仕事が終わるのは明け方だ。その後自宅マンションに帰り、昼までとにかく睡眠を取る。

今日も涼子に会ってから出勤してきた。

よほど疲れているように見えたのか、普段は厳しい涼子にやさしく声をかけてもらえたのが嬉しかった。

「無理をしてるんじゃない。大丈夫？」

その言葉だけで、疲れなど一気に吹き飛んだ。

「そんなことないです。やっと慣れてきましたから」

「いやなこともあるでしょう。いやらしいお客も多いの？」

「全然平気です！」

無理に笑顔を浮かべてみせるが、実際は眠れないほど悔しい思いをしていた。

それでも、涼子が心配してくれるなら耐えられる気がする。セクハラサービスは死ぬほど嫌だけれど、成果をあげて褒めてもらいたかった。

「オプションサービスって、具体的にどんなことをしているの？」

涼子が言いにくそうに切りだした。

本来の捜査目的である麻薬と人身売買には直接関係ないと思われたため、オプションサービスについてはあえて詳しく報告していなかった。それにパンティを脱いで渡していることなど、涼子には絶対に知られたくない。いくら捜査のためとはいえ、あまりにも屈辱的な体験だった。

「別料金の特別なサービス、とだけ報告書に書いてあるけど」

酷いことをされているのではないかと気にしている。やさしい気持ちが伝わってくるからこそ、余計な心配をかけたくなかった。

「ちょっとエッチなだけです」

「そう、ちょっとだけなのね……それならいいのだけれど」

「まかせてください。必ず犯罪の証拠を摑んできます」

亜由美は気丈に振る舞いつづけた。涼子も最後には力強く頷いてくれたので、もっとがんばろうという気持ちが強くなった。

憧れの先輩捜査官が自分を信頼してくれている、というのが嬉しかった。

実際、ホステスとして馴染んできたところだし、そろそろ本格的な調査を開始してもいい頃だろう。

(今日こそ必ず……)

心のなかで涼子に誓うと、首にさげたペンダント型カメラを握り締めた。

更衣室には次々にホステスたちがやってきて、露出度の高いきらびやかなドレスに着替えていく。

亜由美も深紅のドレス姿になり、さりげなく彼女たちを観察した。

犯罪に繫がる糸口がどこにあるかわからない。目に映るすべてのものに注意を払いつづけた。

会員制高級地下クラブだけあって美人揃いだ。借金苦の風俗嬢、ホストに嵌《はま》ったOL、悪い男に貢いだ女子大生、芸能事務所やモデル事務所に騙されて働かされている者など、とにかく全員がお金に苦労している。それだけに、サービスは過激だが他の店と比べてギャラの高いこの店で働いていた。

(あれ？　サキさんがまだ来てない)

ナンバーワンホステスのサキは、いつも一番に出勤してくる。亜由美が知る限り、彼女が遅刻してきたことはなかった。

不審に思うが、他のみんなはさほど気にしている様子はない。誰もが暗い事情を背負っているため、ホステス仲間とはいえ必要以上に干渉することはなかった。

開店時間になると、亜由美もサキのことはいったん忘れてフロアに向かう。

客の相手をしながら、合間に犯罪の証拠を探し求める。しかし、ホステスが自由に出入りできる場所にはなにもなかった。

4

サキが消えてから一週間が経っていた。

先日、マネージャーの恵理から簡単に説明があった。サキは突然辞めると言ってきて、そのまま退職したという。

みんなは聞き流していたが、亜由美は納得できなかった。というのも、サキは他のホステスたちとは少し事情が異なっていたからだ。

父親が事業で失敗して多額の借金を作り、その返済のため大学を辞めてホステスになったという。派手なメイクを施していたが、実際は真面目で物静かな性格だ。そんな親孝行な彼女が、借金を残したままで仕事を放りだすとは思えなかった。

（サキさんは自分から辞めたりしない）

ただの勘でしかないが、なにか不自然な気がした。

亜由美は同僚のホステスたちに尋ねてまわったが、結局サキが辞めた本当の理由はわからなかった。

犯罪に巻きこまれた可能性もある。裏で行われているという人身売買のことが脳裏をよぎった。

捜査を継続するが、サキの個人情報はなにひとつ出てこない。ホステス同士は冷めた関係なので、誰も彼女の携帯番号すら知らないのだ。

面接のときに渡したであろうサキの履歴書を見ることができれば、彼女を捜しだすヒントになる。ひいては犯罪の証拠を見つけられるかもしれなかった。

バックヤードの廊下を進んで更衣室の前を通り過ぎると、ドアがふたつあることは確認している。あのドアのどちらかが事務室だろう。そこにホステスたちの履歴書が保管されている可能性が高かった。

過去のホステスたちの履歴書も発見できればペンダント型カメラで撮影して、署で失踪者のリストと突き合わすことができる。そうなれば、一気に捜査が進展する可能性もあった。

行方不明者が出ている以上、のんびりしていられない。

深夜に交代で三十分の休憩を取るのだが、ほとんどのホステスは更衣室でのんびり過ごしている。このわずかな時間に調査をするつもりだ。休憩時間になると、亜由美は作戦を決行した。

更衣室に戻る振りをして廊下を奥に進み、ふたつ並んだ謎のドアの前に向かう。勘を頼りに、今夜は手前のドアを調査することにした。

髪の毛のなかを探ってヘアピンを抜きだすと、周囲を気にしながら鍵穴《かぎあな》にそっと差しこんだ。

特殊捜査官として様々な訓練を受けているので、一般的なシリンダー錠ならヘアピンか安全ピンが一本あればすぐに開けられる。緊張状態のなか、なんとか十五秒ほどで解錠に成功した。

もう一度周囲に人がいないことを確認して、ドアをわずかに開けてみる。隙間から覗きこむが、そこは事務室ではなく薄暗い廊下がつづいていた。

(どこに繋がってるの?)

調査の必要があるだろう。瞬時に判断すると、素早くなかに入りこむ。ドレスにハイヒールだが、物音ひとつたてることはない。慎重に長い廊下を進んでいくと、途中で直角に曲がっていた。

曲がり角の先にも廊下がつづいており、等間隔にいくつもドアが並んでいる。こうなったら、片っ端から調べていくしかないだろう。

ひとつ目のドアに近づくと、微かに声が聞こえてきた。

「ン……はンぅ」

女性なのは間違いない。なにやら苦しそうな様子だが、媚びるような響きも混ざっていた。

(なに、この声？)

警戒して身構えつつ、ゴクリと生唾《なまつば》を呑みこんだ。

ドアノブに手をかけてまわしてみると、鍵はかかっていなかった。

ここまで来たら確認するしかない。慎重にドアを開けて、わずかな隙間からそっとなかを覗きこむ。その瞬間、危うく大きな声が喉もとまで出かかった。

(サ、サキさん！)

裸電球でぼんやり照らされた室内に、一糸纏わぬ姿のサキがいた。

どういうわけか背後で手錠をかけられている。大きな乳房を晒して、部屋の中央にひざまずき、目の前に仁王立ちしている男の股間に顔を埋めていた。

部屋はコンクリート打ちっ放しで、広さは十畳ほどだろうか。部屋の左隅に洋式便器があり、右隅にはパイプベッドが置かれている。なにやら牢獄のような雰囲気が漂っていた。

ちょうどサキを真横から眺める角度で、彼女は唇を大きく開いて極太のペニスを頬張っている。男のほうも全裸で、ペニスを激しくいきり勃《た》たせている。まさにフェラチオの真っ最中だった。

「ンふっ……むふンっ」

サキのくぐもった声が響いている。ゆったりと首を振り、唾液にまみれて濡れ光る太幹を唇で擦っていた。ときおり頬が内側からボコッと膨らむのは、亀頭が当たっているからだろう。

(な……なにをしているの？)

亜由美は恐ろしい光景を目の当たりにして固まった。

店を辞めたはずなのに、同じ建物内で彼女を発見した。手錠をかけられているということは、きっと監禁されているのだろう。店を辞めたことにさせられ、この秘密の部屋に囚われていたのだ。

しかも、奴隷のようにひざまずき、卑猥な行為を強要されている。同性として、見るに堪えない姿だった。

「もっと美味そうにしゃぶってみろ」

男がサキを見おろしながら声をかけた。

低くて腹に響くような声に聞き覚えがある。男の顔を注視すると、なんと店長の豊田ではないか。

（やっぱり、この男が……）

初めて会ったときから怪しいと思っていた。その後、ほとんど顔を合わせていないので、なにをしているのかと疑惑を深めていたところだった。

やはり、プラチナレディーズは大きな犯罪に関与しているらしい。サキには悪いが、もう少しだけ観察をつづけて実態を把握したかった。

「俺を客だと思え。いいか、客の目を見たまま首を振るんだ」

「ンっ……ンっ……」

サキは大きな乳房を揺すり、口唇奉仕に没頭していた。

乱暴な言葉で強要されているのに、さほど嫌がっている様子はない。命じられたとおり、とろんと潤んだ瞳で見あげてゆったりと首を振る。唇をヌルヌルとスライドさせて、棍棒のような肉棒に刺激を送りこんでいた。

「薬が欲しかったら、しっかりしゃぶれよ」

「は、はい……ンふっ……むふンっ」

「そうだ。この調子で上達すれば、すぐにＶＩＰルームで働けるようになるぞ」

豊田が偉そうに声をかけると、サキは従順に返事をしてペニスを深く咥えこむ。まるでそうすることが当然というように、ジュルジュルと音をたてて吸いあげた。

（薬、ＶＩＰルーム……ますます怪しいわ）

いよいよ犯罪の色が濃くなり、亜由美はドアの陰で緊張感を高めていく。

とくに薬という単語が気になった。それが違法なドラッグの類《たぐい》だとすれば、芋《いも》づる式に犯罪組織を摘発できる可能性もある。本来の目的である麻薬と人身売買の件に、ぐんと近づくことができるだろう。

「もっと奥まで咥えてみろ」

「ンンぅっ……お、お薬、ください」

ペニスを頬張りながら、虚《うつ》ろな瞳でおねだりする。そんなサキの姿は、いっしょに働いていた頃とは別人のように浅ましい。この一週間でいったいなにがあったのだろう。想像するだけで、冷水をかけられたように背筋が寒くなった。

「玉も舐めるんだ」

「は、はい……」

サキは肉竿《にくざお》を吐きだすと豊田の股座《またぐら》に潜りこんでいく。ペニスは激しくそそり勃っているので、後ろ手に拘束されたままでも顔を上向かせるだけで、唇は自然と陰嚢《いんのう》を捕らえていた。

「ンンっ……気持ちいいですか？」

皺袋にピンクの舌を這わせて、吐息混じりに問いかける。すでに何度もやらされているのか、妙に慣れた動きだった。

「たっぷり唾液をまぶしてから、口のなかに入れてみろ」

「で、では……失礼いたします」

陰嚢をしっとり濡れ光らせるほど舐めると、サキは皺袋をぱっくりと咥えこんだ。そして、双《ふた》つの睾丸《こうがん》を交互にしゃぶり、クチュクチュと転がしてさらに唾液を塗りこんでいく。

「おおっ、いいぞ。ようし、そろそろ褒美をやるか」

豊田はサキを立ちあがらせると、パイプベッドまで連れていく。そして、ベッドの上に置いてあった小さな注射器を手に取った。途端にサキの目の色が変わり、焦れたように身をくねらせた。

「く、ください、早く」

「ふふっ、すっかり中毒だな」

豊田はサキの手錠を外してやり、前腕部の内側に注射針を突き刺した。そしてニヤリと笑って、透明な液体を注入していく。すると見るみる彼女の表情が呆《ほう》けていった。

「はぅぅっ……」

安堵と快楽が入り混じったような溜め息が溢れだす。そして、なにやら腰をよじらせて、内腿をもじもじと擦り合わせた。

「気持ちよくなってきたか？」

「ああっ、身体が熱いです」

「こいつが欲しくなってきたんじゃないのか？」

豊田はベッドの上で仰向けになり、勃起した逸物《いちもつ》を見せつける。さらに、いやらしい笑みを浮かべながら手招きをすると、サキは催眠術にでもかかったようにベッドにあがった。

「店長ぉ、もう我慢できません」

男の腰をまたいで膝立ちになり、ペニスの上にしゃがみこんでいく。自ら太幹の根元に手を添えると、躊躇することなく蜜壺にズブズブと呑みこんでいった。

「はああッ、い、いいっ」

サキの嬌声が響き渡る。あからさまに悦《よろこ》びの声をあげていた。

（こ、こんなことが……）

亜由美は頬を引きつらせるばかりで、まったく身動きが取れなかった。

嬲《なぶ》られるサキの姿を目の当たりにしたことで、心に負った過去の傷が疼きだしている。男に襲われる恐怖がよみがえり、情けないことに膝が小刻みに震えていた。

「薬が効いてきたみたいだな」

「す、すご……ああッ」

もう豊田の声は届いていないのかもしれない。サキは男の胸板に両手を置くと、指先で乳首をいじりながら腰を振りはじめた。

「あッ……あッ……ふ、太いっ」

クリトリスを擦りつけるように、股間をクイクイと前後にしゃくりあげる。彼女の秘毛と男の剛毛が擦れて、複雑に絡み合っていた。

「うおっ、オマ×コがヒクヒクしてるぞ。これならＶＩＰでもナンバーワンになれるかもしれないな」

「ああッ、も、もう……あああッ」

サキは激しく腰を振りたくり、絶頂への階段を昇りはじめる。豊田は余裕の表情で見あげながら、豊満な乳房を両手で揉みまくった。

「もっと腰を振ってチ×ポを絞りあげるんだ。客が射精しても、しばらく緩めるんじゃないぞ。ＶＩＰ客に最高の快楽を提供するのが、これからのおまえの仕事だ」

「は、はい、最高の快楽を……ああッ、もうダメですっ」

切羽詰まった声で訴えると、サキは腰をぶるるっと震わせた。乳首を卑猥に尖らせながら、腰を仰け反らせて絶叫を響かせた。

「い、いいっ、はあぁッ、サキはもうイッてしまいますっ」

「ようし出すぞ、奥で受けとめるんだっ、くおおッ、ぬううううッ！」

「あああぁッ、イクっ、イクぅっ、もう……あああッ、もうイッちゃううううッ！」

ついに桜色に染まった女体をくねらせて、オルガスムスに昇り詰めていく。全身の毛穴から汗が噴きだし、柔肌がキラキラと輝きはじめる。サキは涙まで流して感じながら、しつこくペニスを締めあげていた。

妖しげな薬を使われた女が、目の色を変えて快楽を貪る姿は衝撃的だった。

亜由美は我に返ると、慌ててペンダント型カメラで撮影した。注射器の中身までは確認できないが、捜査が大きく進展したのは間違いない。

(そろそろ戻らないと……)

つい長居してしまった。急がないと休憩時間が終わってしまう。

尻尾を掴んだ興奮を胸に秘め、ドアを慎重に閉じて振り返る。と、次の瞬間、腹部に重い衝撃がひろがった。

「うぐぅっ……」

たまらず呻きながら片膝をつく。顔をしかめて見あげると、そこには屈強なボーイが立っていた。反撃しようにも、不意打ちのボディブローをまともに食らって息ができない。迂闊だった。証拠を摑むのに夢中になりすぎ、すぐ近くまでボーイが来ていたことに気づかなかった。

「休憩時間はとっくに終わってるよ」

ボーイの後ろから恵理が現れた。

「どこに行ったのかと思ったら、こんなところでサボってたとはね」

顔は笑っているが、瞳の奥には残忍な光が揺らめいている。この状況では、もはや反撃も言いわけもできそうになかった。

5

「なにをしていたのか話してもらおうか」

豊田の低い声が、コンクリートの壁に響き渡った。

裸電球の頼りない光が、たっぷりと脂肪のついた醜い裸体を照らしている。巨大なペニスは勃起状態を保ったままで、サキの愛蜜にまみれてヌラヌラと異様な光を放っていた。

（くっ……まさか捕まるなんて）

亜由美は奥歯をギリッと噛んだ。

ボーイのパンチは内臓に響くほど重く、ほとんど抵抗できないまま捕らえられてしまった。そして、サキがいた隣の部屋に連れこまれていた。

両手首をひとまとめに縛られて、天井からまっすぐに吊られている。ハイヒールのつま先が、コンクリートの床にぎりぎり届く高さだ。手首に負担がかかり、痛みがじんわりとひろがっていた。

深紅のドレスに乱れはないが、両手をあげているため腋の下が晒されている。ペンダント型カメラは、真っ先に取りあげられていた。

部屋の作りは隣とまったく同じで、トイレとパイプベッドがあるだけだ。ドアの前には恵理がニヤニヤしながら立っていた。先ほどのボーイは部屋の外で待機しているようだった。

「豊田さんにたっぷりお仕置きしてもらうんだね」

恵理が歌うような調子でつぶやいた。

いつもの白いスカートスーツが、ことさら冷徹に感じられる。ドアに寄りかかって腕組みをした姿は、完全に傍観する体勢だった。

「隠し撮りとは趣味が悪いな。スパイごっこでもしてたのか？」

豊田が鈍い光を宿した目で顔を覗きこんできた。

まるで獲物を前にした肉食動物のように、先ほどから周囲をウロウロと歩きまわっている。どう料理するか楽しみで仕方がないといった感じで、好色そうに舌なめずりを繰り返していた。

「おい、ミカ。なんとか言ったらどうだ」

「あっ……」

いきなりドレスの上から胸を掴まれる。思わず小さな声が漏れるが、懸命に怒りを抑えこみ、か弱い女を装って身をよじった。

「い、いやです、やめてください」

囚われの身となったが、捜査官であることは知られていない。身分がばれるようなものはいっさい持ち歩いておらず、面接も偽名で受けている。ペンダント型カメラ以外は、追及されて困るものはなかった。

（しらばくれるしかない。なにをされても……）

亜由美は胸の奥で覚悟を決めた。

薬まで使われたサキの姿が脳裏をよぎる。この男に捕まった以上、ただではすまないだろう。しかし、特殊捜査官のプライドがある。たとえ拷問にかけられたとしても、絶対に秘密を明かすわけにはいかなかった。

「や……さ、触らないで……」

「だったら教えるんだ。こんなところで、こそこそなにをしていた？」

豊田は両手をドレスの胸の膨らみにあてて、ゆっくりと揉みあげてきた。言うまでやめないつもりなのか、無遠慮に指を食いこませてくる。ねちっこい手つきが気色悪くて、吊られた身体をよじらせずにはいられなかった。

「通路のドアには鍵がかかっていたはずだ。どうやって入った？」

「ドアが開いてたんです。だから、なんだろうと思って」

実際はヘアピンで解錠したのだが、あくまでもしらを切るつもりだ。

「いい加減なことを言うな。鍵をかけ忘れるはずがない」

「ほ、本当なんです……そしたら、サキさんが……」

「じゃあ、どうしてカメラなんか持ってる？」

胸を揉まれながら尋問される。憤怒が胸のうちにひろがるが、表面上はあくまでも弱々しく振る舞った。

「それは……写真を撮るのが趣味で……それで……」

「写真が趣味だから、隠しカメラを持ち歩いていたというのか？」

「は、はい……」

「おいおい、そんなウソが通用するはずないだろう」

背後にまわった豊田が、ドレスのファスナーをジジジッとおろしはじめる。決して慌てることなく、余裕たっぷりの手つきが不気味だった。

「やっ……勝手に入ったことは謝ります、だから……」

服を脱がされるのだと悟り、胸の奥が苦しくなる。訓練学校時代、教官に襲われたトラウマが嫌でもよみがえってきた。

「謝る前に本当のことを話すんだ」

「全部本当です、わたし、ウソなんて……」

「意外と強情だな。素直になるまで身体に訊《き》いてやるか」

豊田は正面に戻ってくると、さも嬉しそうに唇の端を吊りあげる。そして、ドレスの胸もとを摑んで一気に引きさげた。

「ああっ！」

カップ付きのドレスをおろされた途端、双つの乳房がプルルンッとまろびでる。両腕を頭上に掲げていても、充分なボリュームのある豊乳だった。

「ほう、こいつはいいな」

お椀《わん》を双つ伏せたような張りのある乳房に、男の無遠慮な視線が這いまわる。曲線の頂点には、鮮やかなピンクの乳首がちょこんと乗っていた。

「ふうん、美味《おい》しそうなおっぱいじゃない」

ドアに寄りかかって眺めていた恵理も、さも楽しそうに口を開く。そして、興味津々といった感じで、熱い視線を乳房に向けてきた。

「いやっ……」

悔しさに顔を背けるが、豊田は構うことなくドレスを足もとから抜き取った。

これで亜由美が身に着けているのは、純白レースのパンティと赤いハイヒールだけだ。腕を吊られているので、当然ながら裸体を隠すことはできなかった。

「いい身体をしてるじゃないか」

「み……見ないでください」

顔を横に向けて、内腿をもじもじと擦り合わせる。肌を晒したことで、演技ではない本物の羞恥がこみあげていた。

「ただのホステスにしておくのはもったいないな」

豊田の両手がくびれた腰に伸びてくる。そっと手のひらを添えられて、滑らかなラインを確かめるように撫でられた。

「ンぅっ……」

嫌悪感のなかに、くすぐったさが混じっている。無反応を装いたいが、耐えきれずに腰を揺すってしまう。

「い、いや……はンンっ」

皮膚の表面を爪の先でそっと掃かれるだけで、おぞましい感覚が湧きあがる。縛られた両手を握り締めて、内股になった下肢に自然と力が入った。

「うむ、感度もいいようだな」

豊田は満足げに頷き、乳房の下側に手のひらをあてがってくる。ゆっくりと揉みあげながら、心まで見透かすように瞳を見つめてきた。

「どうしてカメラなど持ってたんだ？」

「で、ですから……それは……」

本当のことを言うつもりはない。警察組織を裏切り、尊敬する涼子を落胆させるようなことはできなかった。

「じゃあ、次の質問だ。おまえ、どうしてホステスになった？」

「借金があって、それで……ンンっ」

乳肉の柔らかさを確かめるように、指をプニュプニュとめりこまされる。そのたびに乳房は形を変えて、屈辱の炎が燃えあがった。

「うう……」

「それはもう聞いている。男に騙されて借金を作ったという話だったな」

「あうっ！」

豊田はしつこく尋ねながら、両手の指先で左右の乳首を摘みあげた。

「俺が聞きたいのは本当のことだ」

「そ、そこ、いやです」

たまらず身体を揺すりあげる。もちろん抗議したところでやめてもらえるはずもなく、顔を見つめられたまま柔らかい乳首をクニクニと揉み嬲られた。

「や……あンンっ」

「こういう仕事を長くしてると、ダメな女ってのは目を見ればわかるようになる。おまえは男に騙されるタイプじゃない」

豊田が目力をこめて瞳を覗きこんでくる。亜由美は視線から逃れようと、慌てて睫毛を伏せていた。

「根性がありそうな目だ。ミカ、おまえただのホステスじゃないだろう」

指先で揉み転がされている乳首が、充血してぷっくりと膨らんでくる。生ゴムのように硬くなり、ピンク色を濃くして尖り勃った。

「わ、わたしは、本当に借金を返したくて……」

嘘を貫き通すしかない。か弱い振りをつづけて時間を稼ぎ、脱出のチャンスを窺う作戦だ。明日になっても亜由美が署に現れなければ、涼子が異変に気づいて動いてくれる。それまでは耐えるしかなかった。

「どうしても言いたくないらしいな。恵理、あれを使ってやれ」

豊田に声をかけられた恵理が、スーツのポケットから小さな注射器を取りだしながら歩み寄ってきた。先ほどサキに使っていたものと同じものだろう。

「これを使うと、すぐに気持ちよくなるよ」

恵理は薄笑いを浮かべると、先端のキャップを外して亜由美の腕にツプッと突き刺した。

「うくっ……こ、これは」

抗う間もなく、透明な薬液がゆっくりと体内に流れこんでくる。

これを注射されたサキの反応は顕著で、明らかに感度をあげてよがり泣いた。あの姿が脳裏によみがえり、思わず首を左右に振りたくった。

「針が折れるから暴れるんじゃないよ。これは〝マッハエクスタシー〟っていう麻薬入りの媚薬《びやく》さ。どんな女でも言いなりになるのはいいけど、中毒性があるから気をつけないと廃人になっちゃうのよね」

「いや、やめてください」

怯えた口調は、半分は演技だが半分は本気だ。しかし、亜由美の懇願は当然のように無視されて、薬液はすべて注入されてしまった。

「即効性だから、すぐに気持ちよくなるよ」

恵理は役目を終えると、ドアの前に戻って寄りかかる。腕組みをして、再び傍観の体勢になった。

（麻薬入りの媚薬……やっぱりドラッグだったのね）

　違法ドラッグが絡んでいるとなれば、かなり大がかりな犯罪ということになる。なんとしても摘発しなければならなかった。

「どうだ、もう身体が熱くなってきただろう」

　豊田がニヤつきながら乳房を握り締めてくる。指の間に勃起した乳首を挟みこみ、柔肉をグイグイと揉みしだかれた。

「あっ……ンンっ……い、いやっ」

　身体がビクッと反応する。明らかに感覚が鋭くなっており、全身の毛穴から汗がどっと噴きだした。

（やだ、本当に身体が火照ってる）

　血流が速くなっているのがわかる。心臓がバクバクと音をたてて、意識がふわっとしてきた。目眩がして倒れそうな気がするが、実際は腕を吊られているので身体がゆらりと揺れただけだった。

「ああっ……ゆ、許して、もう帰らせて」

「許してほしかったら素直になれよ」

　豊田は乳房に顔を近づけてくると、尖り勃った乳首に吸いついた。

「ヤンンっ」

乳輪ごと咥えこんで、舌をヌルヌルと這わせてくる。たまらず首を振るが、ナメクジのような舌が蠢くたびに妖しい快感が湧きあがった。

「き、気持ち悪い……あぁっ」

「気持ちいいの間違いだろう。ほら、ビンビンになってるぞ」

もう片方の乳首も舐めしゃぶられて、たっぷりの唾液をぬりこまれる。と、思ったら、不意を突くように甘噛みされた。

「あああッ！」

まるでスイッチをオンにしたように喘ぎ声が迸る。乳首はさらに硬くなり、感度も一足飛びにアップしていた。

「いい声が出てきたじゃないか。ミカ、本当の目的はなんだ。どうしてホステスになったんだ？」

「わ、わたしは、借金を返すために……」

「まだそんな見え透いたウソを言うのか。まあ、そのうち理性が麻痺して、口も軽くなるだろうよ」

豊田は余裕たっぷりにつぶやき乳首をしゃぶりたてる。どうやら、マッハエクスタシーの効果を知り尽くしているらしい。両手をヒップにまわしこんで揉みまくり、さらにはパンティを細く絞って臀裂に食いこませてきた。

「あンっ、や、やめて……はンンっ」

Tバック状態のパンティをグイグイと吊りあげられると、股間に食いこむ布地の刺激にじっとしていられなくなった。

さらに今度は、パンティの前のほうを絞って吊りあげられた。陰毛がはみ出してしまい、強烈な羞恥と刺激に亜由美は身悶えた。

腰をくなくなと揺すりながら、なんとか理性を保ちつづける。どんな酷いことをされようと、特殊捜査官としての誇りを捨てるわけにはいかない。たとえ身体が反応しても、心まで穢《けが》されるわけにはいかなかった。

「こうなった以上、おまえもVIPルームで働いてもらうしかないな」

「VIPルームって……」

「うちがやってるのは、ただの会員制クラブだけじゃない。特別なVIP専用ルームがあるんだよ」

豊田は乳首をしゃぶり、尻たぶを揉みしだきながら、自慢気に語りはじめた。

プラチナレディーズには、通常のホステス接待の他に、VIP専用ルームでの性奴隷による売春&ショーのふたつのスタイルがあるという。

建物の裏手にVIP専用ルームの秘密の入り口があり、会員のなかから厳選されたVIP会員だけが出入りできるようになっている。通常のホステス接待で人気のあった女を監禁調教し、性奴隷に仕立てあげてその特別ルームで働かせているらしい。

「サキはだいぶ調教が進んでるからな。そろそろデビューさせてもいいだろう」

「そんな……じゃあ、サキさんは無理やり……あンっ」

乳首を甘噛みされて、思わず甘い声が漏れてしまう。嫌で仕方がないのに、全身の感度が急上昇していた。

「最初は嫌がって泣き叫んでたけどな。今じゃおまえが覗き見たとおり、マッハエクスタシーが欲しくて言いなりだよ」

「ひどい……」

「おまえもすぐに喘ぐだけの肉奴隷に成りさがる。薬が欲しくて自分から股を開くようになるんだ」

強引にパンティをおろされて、足から抜き取られる。ついに身に着けているのはハイヒールだけとなり、陰毛が濃く生い茂る恥丘が剝きだしになった。

「ああっ、ま、まさか……」

「やせ我慢するなよ。もうドロドロになってるんだろう？」

豊田は片脚を抱えあげると、正面から勃起したペニスを恥裂にあてがってくる。亀頭が触れた瞬間、クチュッという湿った音が確かに響き渡った。

「あっ、い……いや……」

割れ目に押し当てられているだけでも、蕩《とろ》けそうな快感がひろがっていく。

大量の華蜜が溢れているのは、麻薬入りの媚薬を使われたせいだ。不可抗力とはいえ、女としてこれほど恥ずかしいことはなかった。

（そんな……涼子先輩……）

心のなかで助けを求めた直後、ついに巨大な亀頭がズブズブと沈みこんできた。

「あううッ！　ダ、ダメ、挿《い》れないでください」

たまらず首を左右に振りたくる。しかし、心でどんなに拒絶しても、媚薬の効果で昂ぶった肉体は嬉しそうにペニスを受け入れてしまう。膣襞が波打つように蠢き、いっせいに亀頭を包みこんでいった。

「おおっ、すごいな、どんどん引きこまれるぞ」

豊田は嬉しそうに呻き、一気に根元まで突きこんだ。亀頭が子宮口をググッと圧迫して、瞬間的に女体が浮きあがった。

「はううッ……そ、そんなに奥までっ」

「ずっぽり入ったぞ。くおっ、締まる締まる。やっぱり欲しかったんだな」

「ち、違います、あンンっ、いや、抜いてください！」

屈辱と望まない快楽にまみれて、吊られた身体をよじらせる。しかし、そんなことをしても張りだしたカリが膣壁を擦るだけで、結果として快感が高まってしまう。蜜壺が余計に反応して収縮し、巨大なペニスをギチギチと締めつけた。

「ああッ、ダメっ、き、きつい」

「俺のはでかいから癖になるぞ。ほら、こうすると気持ちいいだろう」

豊田がゆったりと腰を振りはじめる。巨大な肉柱が出入りして、華蜜がジュブジュブと溢れだす。立ったまま真下から突きあげられるのなど初めてだ。しかも、身体は敏感に反応して、意識が飛びそうなほどの快感がひろがった。

「あッ……あッ……ああッ」

こらえきれない喘ぎが漏れる。無理やり犯されているのに、どうしようもないほど感じてしまう。華蜜の量は増える一方で、発情した牝《めす》の匂いが濃厚に漂っていた。

「締まりもいいし最高だ。ばっちり調教して、ＶＩＰ相手に稼いでもらうぞ」

「そんな、い、いやです……あああッ」

恐ろしい言葉をかけられるたび、なぜか膣がキュウッと締まってしまう。すると望まない快感が大きくなり、腰が勝手に動きはじめる。最初は小さく揺れていただけだが、すぐに大きな波となり、しゃくりあげるような前後動に変わっていた。

(犯されてるのに……どうして感じてるの……)

心のなかで自分に言い聞かせるが、身体の反応は抑えられない。むしろ感じてはいけないと思うほどに、背徳的な快感が高まってしまう。突きあげられるたびに濡れ方が激しくなり、膣がペニスを食い締めた。

「うおッ、すごいな、こいつは拾い物だ」

豊田も唸りながら腰の動きを速くする。亜由美の両脚を抱えあげて駅弁ファックのような格好になり、猛烈な勢いで子宮口を叩きまくった。

「あッ……あッ……ダメっ、あああッ、お腹が破れちゃうっ」

亜由美は大声で喘ぎ泣き、ついに大粒の涙を溢れさせる。

もうなにも考えられない。捜査官としての矜持も、女の尊厳も、すべてが頭の片隅に追いやられる。快楽に呑みこまれて大きな乳房をユサユサと揺すりながら、自ら両脚を男の腰に巻きつけた。

「積極的だな。ようし、このまま奥にぶちまけてやるっ」

「ああッ、いや、いやっ、もうダメっ、あああッ」

ピストンに合わせて腰をしゃくり、太幹を食いちぎる勢いで締めつける。膣襞の反応も顕著で、さらに引きこむように激しく蠢いていた。

「おおッ、おおおッ……出すぞっ、うおおおおッ！」

「ひああッ、あ、熱いっ、ああッ、もうダメっ、イクっ、イッちゃううぅッ！」

ついにレイプで昇り詰めてしまう。亜由美は絶望感に苛《さいな》まれながら、あられもない声でよがり泣いた。

目の前が真っ暗になるのを感じて新たな涙をこぼしつつ、経験したことのない凄まじい絶頂感に酔いしれていた。

「見かけによらず、すごい声で喘ぐじゃない」

黙って見ていた恵理が、からかいの言葉を浴びせかけてくる。ゆっくり歩み寄ってくると、恍惚《こうこつ》にまみれた顔を覗きこんできた。

「素直になるまで、薬を打たれて犯されまくるんだよ。廃人になりたくなかったら、早く本当のことを言うんだね」

顎を掴まれて、耳に息を吹きこみながら囁かれる。途端に膣が締まり、またしてもペニスを締めつけてしまう。グチュウッという下品な音がして、結合部から中出しされたザーメンが逆流した。

（ああ、涼子先輩……）

憧れの先輩の顔を思い浮かべて、絶対に屈しないと心に誓う。しかし、身体は深いオルガスムスの余韻のなかで小刻みに痙攣《けいれん》していた。

第三章　恥辱の身体チェック

1

（藤崎はわたしが必ず見つけだす）

陣内涼子は渡されたドレスに着替えると、鏡を見つめて胸底でつぶやいた。

ここはプラチナレディーズの更衣室だ。

パープルのドレスは胸から上が剝きだしのデザインで、肩や鎖骨、乳房の谷間も覗いている。裾も極端に短く、太腿が付け根近くまで剝きだしだ。しかし、今は羞恥よりも使命感に燃えていた。

藤崎亜由美からの連絡が途絶えたのは三日前のことだ。

昼過ぎには署に出向いて、前日の潜入捜査の報告をしてから、夕方プラチナレディーズに出勤する流れになっていた。ところが、三日前の午後、亜由美は署に顔を出さなかった。

前日、プラチナレディーズでなにかあったとしか考えられない。潜入捜査中の失踪は非常に危険だ。最悪の事態も脳裏をよぎった。

（まさか、今頃……）

嫌な予感が胸のうちを埋め尽くしていく。

しかし、行動を怪しまれて捕まっただけだとしたら、すぐに殺されることはないだろう。まずは拷問で口を割らそうとするはずだ。亜由美が正体を明かすまでは生きている可能性が高かった。

とはいえ、どんな拷問にかけられているのか想像すると、それだけで胸が苦しくなる。若くて美しい女性捜査官が囚われた場合、往々にして拷問は性的な凌辱に発展していく。おそらく、亜由美はすでに……。

自分のことを慕ってくれる後輩捜査官をなんとしても助けたかった。

確証がないので警察を大々的に動かすことはできない。それに、亜由美がどこかに監禁されているとしたら、警察の捜査が入ったことがきっかけで殺される可能性もある。とにかく、慎重かつ迅速に対応する必要があった。

そこで涼子が自ら潜入捜査することにした。

急遽、仲介人に協力を仰ぎ、亜由美のときと同じく偽名で面接を受けて、運良くすぐ働けることになった。急だったにもかかわらず、すんなり採用が決まったところからすると、ホステスの補充が必要だったのではないか。ますます疑惑は深まっていった。

先ほどチラリと店内を見たが、体格のいいボーイが数名いた。おそらく、用心棒的な役割を担っているのだろう。

ドレスのため武器の類は携行できないが、格闘術には自信がある。ボーイが束になってかかってきても、素手なら負ける気がしない。それよりも、彼らが殺気立っていたのが気にかかっている。やはりなにかあるとしか思えなかった。

「準備はいい？」

白いスカートスーツ姿の女が、ノックもせずにドアを開けて入ってきた。

マネージャーの恵理だ。派手な感じの女で、ドレスに着替えた涼子をじろじろと眺めまわしてくる。

「フンッ、まずまずね」

恵理はなぜか面白くなさそうに吐き捨てた。

面接で初めて会ったときから敵意剥きだしだった。もし面接官が彼女ひとりだったら、落とされていたかもしれない。いっしょにいた店長の豊田が採用を決めたからよかったが、危うく潜入捜査ができないところだった。

「よく見せなさいよ」

恵理が歩み寄ってきたかと思うと、いきなり乳房を握り締めてくる。ドレスの上から無造作にギュッと鷲掴みされて、鈍い痛みが走り抜けた。

「くっ、なにをするんです！」

すぐさま払いのけて、怒りの滲んだ瞳でキッとにらみつける。

恵理のようなタイプの女は、つけあがらせると後々面倒だ。失礼なことをすれば反論する奴だと、最初にわからせておく必要があった。

「生意気な女ね」

恵理も負けじとにらみ返してくる。顎をツンと跳ねあげて、瞳に憎悪さえ滲ませていた。

「ルナ、最初に言っておくよ」

感情剝きだしの憎々しげな声音だった。「ルナ」というのは店でつけられた涼子の源氏名だ。

「わたしはね、つんけんしてる女より、可愛い子猫ちゃんのほうが好みなの。とくにあんたみたいにお高くとまった女を見ると、とことん苛《いじ》めたくなるんだよ」

「そうですか」

涼子は感情の起伏を押さえこみ、抑揚のない声で返事をする。相手の気持ちを逆撫ですることで、なにかぼろを出さないか期待していた。

「口の減らない女だね。あんまり楯《たて》突くと、痛い目を見ることになるよ」

「どういう意味ですか？」

すかさず言葉尻をとらえて突っこむと、恵理はあからさまに嫌そうな顔をする。そして両目を吊りあげて、早口で捲《まく》したててきた。

「お金がいるんだろう？　うちでホステスとして働きたいなら、もう少しお利口さんになることだね」

「うっ……」

涼子は痛いところを突かれた振りをして黙りこんだ。

男に貢いで借金を作ったことになっている。だから、今すぐに働かせてほしいと面接で頼みこんだ。すべては亜由美を一刻も早く救出するためだった。

「美人だし、スタイルもいいし、すぐに客がつくだろうね。せいぜいエロ親父たちに可愛がってもらいな」

恵理の口もとに勝ち誇ったような笑みが浮かぶ。涼子が黙りこんだことで気をよくしたらしい。とりあえず今はこれくらいにして、あとは従っている振りをしたほうがいいだろう。

「さっそく働いてもらうよ。ついておいで」

命じられるまま、涼子は恵理に連れられて薄暗いフロアに向かった。

「会員制だから客はみんな常連だよ。くれぐれも失礼のないように。あんたには、あのテーブルについてもらうから」

恵理が視線で示した先には、でっぷりと太って頭頂部が薄い男が座っていた。

紺色のスーツを着ているが、どこかだらしなくて似合っていない。年齢は五十くらいだろうか。いかにも下品そうで、全身から田舎臭い雰囲気が漂っていた。

「ラーメンチェーンを経営してる荒井《あらい》って男さ。金は持ってるけど、成りあがりだから礼儀知らずで、ホステスたちから嫌われてるんだよ」

「いきなり、そんな難しいお客につくのですか？」

「もうビビってるのかい？　なにをされても絶対に怒るんじゃないよ。店の信用にかかわるようなことをしたら、即刻クビにしてやるからね」

何度も念を押されて、客の待つテーブルに連れていかれる。初めての経験で、さすがに緊張感が高まっていた。

「荒井さま、お待たせしました。これは新人ホステスのルナです」

恵理に紹介されて、涼子は作り笑顔で頭をさげる。そして、あらためて自己紹介しようとしたとき、いきなり荒井に手首を摑まれて、ソファの隣に引きこまれた。

「あっ……」

反射的に振り払おうとするのを懸命に抑えこむ。クビにされたら亜由美の行方を探ることができなくなってしまう。今は従順に振る舞うしかなかった。

「へぇ、新人か。美人さんだねぇ」

荒井がなれなれしく剝きだしの肩を抱いてくる。べたべたした手のひらが、ぴっとりと触れてくる感触が気色悪かった。

「ル、ルナです。よろしくお願いいたします」

引きつった笑みを浮かべて挨拶する。男の体から饐《す》えた脂のような匂いが漂ってきた。さらに、肥満体のせいか、熱くもないのにやけに汗を搔《か》いている。こんな男の隣でしばらく過ごすのかと思うと、気が遠くなりそうだった。

「いろいろ教育してやってください」

恵理が荒井に向かって意味深に笑いかける。そして、涼子を意地の悪い瞳で一瞥《いちべつ》すると、その場から立ち去った。

「ルナちゃん、さっそくだけど水割りを作ってくれるかな」

荒井が肩を抱いたまま囁いてくる。ねちねちと撫でまわす手つきが、粘着質で不快だった。

「このままではお作りできません。手をどけていただけますか」

柔らかい笑みを浮かべて、しかし、きっぱりと言い放つ。潜入捜査中とはいえ、必要以上に客に媚びるつもりはない。亜由美を探しだすことが最優先だ。隙を見て店のなかを探索するつもりだった。

「へえ、はきはきしてるんだ」

荒井は驚いたように目を見開いた。新人ホステスの反抗的な態度が意外だったのだろう。横顔をまじまじと見つめてきた。

「夜のお店で働くのは初めてかい？」

「はい。お酒のお相手はしますけれど、それ以上のことはいたしません」

「キミ、おもしろいね。でも、この手は離さないよ。これくらいのこと、この店では普通だからね」

「あっ……」

さらに強く肩を抱き寄せられて、反射的に身をよじる。ところが、男は肩にまわした手にますます力をこめていった。

「ちょっと、離してください」

「言うとおりにしないとクビになるよ」

手を振り払おうとしたとき、荒井が声音を低くして囁いた。

「俺はほとんど毎晩飲みに来てるんだ。俺が恵理さんにクレームをつけたら、新人ホステスなんてすぐにクビだよ。これまでに、何人も辞めさせてるからね」

「……失礼しました」

涼子は神妙な顔で謝罪すると、肩を抱かれたまま水割りを作りはじめた。

大人しく従ったのは、クビになることを恐れたからではない。荒井の「ほとんど毎晩飲みに来てる」という言葉が気になったのだ。

（それが本当なら……）

亜由美のことを知っているのではないか。もしかしたら、同じテーブルについていたかもしれなかった。

「どうぞ、水割りです」

グラスを差しだすと、荒井はご機嫌な様子でグビリと飲んだ。

「ううん、美味い。美人に作ってもらった酒は美味いなぁ」

ひとりで唸りながら、執拗に肩を撫でまわしてくる。ねちっこい手のひらの感触が気持ち悪いが、情報を持っている可能性を考えると逆らえない。とにかく、亜由美の居場所を特定する糸口がほしかった。

「ルナちゃんも飲んだらいいよ」

「では、いただきます」

素直に自分の分の水割りも作ろうとすると、荒井が「違う違う」と遮った。

「俺が口移しで飲ませてあげるよ」

グラスの水割りを口に含み、いきなり顔を近づけてくる。涼子は慌てて顔を背けるが、顎を摑まれて強引に唇を重ねられてしまった。

「ンンっ！」

とっさに男の胸を突き放し、怒りのこもった瞳でにらみつける。すると、逆に荒井のほうが大声で怒鳴りつけてきた。

「せっかく飲ませてやろうと思ったのに、なにするんだ！」

憤慨している様子からすると、口移しで酒を飲ますことが日常的に行われていたのかもしれない。とてもではないが受け入れられなかった。

「荒井さま、申し訳ございません」

騒ぎを聞きつけて、恵理が駆けつけてきた。丁重に腰を折って謝罪しながら、涼子のことを眼光鋭くにらみつけてくる。

「新人なものですから、どうかご勘弁を。今度失礼がありましたら、すぐに処分いたしますので」

それはクビにするという意味に他ならない。これで涼子はますます反抗できなくなってしまった。

「そこまで言われたら仕方ないな。俺も鬼じゃないからね。じゃあ、ルナちゃん、仲直りしようか」

恵理がなだめたことで、荒井の怒りはなんとか収束した。そして、再び水割りを口に含んで迫ってくる。

「ま、待って……ンぅぅっ」

今度は突き放せなかった。たらこ唇がべったりと覆い被さり、たまらず眉間に嫌悪の縦皺を刻みこむ。振り払いたい衝動に駆られるが、これ以上機嫌を損ねるわけにはいかない。全身の筋肉を硬直させて、されるがままにまかせた。

（こんな男に従うしかないなんて……）

腹の底から悔しさがこみあげてくる。その気になれば一瞬で昏倒《こんとう》させることができるが、今は亜由美の情報を集めなければならなかった。

ぴっちり閉じた唇の上を、男の湿った舌が這いまわる。そして、無理やりこじ開けようと、境目をぐいぐい圧迫してきた。

「ングぐっ……」

全身の皮膚が粟立つが、それでも抗うことなく身をまかせる。意を決して唇を薄く開いた途端、男の唾液混じりの水割りがトロトロと流れこんできた。

（ううっ……き、気持ち悪い）

恋人と別れて三年ぶりのキスが、まさかこれほど不本意なものになるとは想像すらしなかった。猛烈な吐き気に襲われながら、必死の思いで飲みくだす。亜由美が置かれているであろう状況を想像すれば、これくらいの苦しみは耐えられた。

「美味いだろう。もっと飲むかい？」

荒井がニヤつきながら再びグラスを手に取った。そして琥珀《こはく》色の液体を口に含むと、有無を言わせず唇を重ねてくる。

「ンううっ！」

またしても唾液混じりの水割りを口移しされて、さらには舌までヌルリと入りこんできた。口内を舐めまわされる汚辱感は強烈だ。嘔吐感に胸を喘がせながらも、水割りと唾液の混合液をなんとか嚥下《えんげ》した。

「ふぅっ……いい飲みっぷりだねぇ。もっと飲ませてあげよう」

「い、いえ、もう結構です、酔っぱらってしまいますので」

慌てて丁重に断り、すぐに作り笑顔を向けていく。これ以上飲まされたら、本当に嘔吐してしまいそうだった。

「遠慮しなくていいのに。いくらでもご馳走するよ」

耳もとで囁かれて、背筋がゾクッと寒くなる。突き放したいのをこらえて、ただ肩をすくめていた。

「ごちそうさまです。美味しかったです」

心にもない言葉で、なんとか男の機嫌を損ねないようにする。すると、荒井は満更でもない様子で肩を撫でて、もう片方の手を太腿の上に重ねてきた。

「あっ……」

「ほう、むちむちだね。肌もスベスベして気持ちいいよ」

当たり前のような顔で、太腿を撫でまわしてくる。慌てて内腿をぴっちり閉じ合わせるが、荒井は構うことなくドレスのなかにまで指を忍ばせてきた。

「ちょ、ちょっと、それ以上は……」

「仕方ないな、オプションサービスを使えばいいんだろう」

「オプション？」

亜由美から別料金のサービスがあると報告を受けているが、具体的な内容までは聞いていない。「ちょっとエッチなだけです」とは言っていたが捜査に直接関係しないと思ったので、追及する必要はないと判断した。

「金を払えば生パンティをもらえるサービスだよ。知らない振りをして誤魔化そうとしてもダメだぞ。ホステスに拒否権はないんだからさ」

男の口から語られたのは、過激なセクハラサービスの実態だった。

(藤崎も、そんなことを……)

涼子は恐ろしい事実を知って愕然とした。

当然、亜由美もオプションサービスを行っていたのだろう。それなのに、涼子に心配をかけまいとして「全然平気です」と言っていた。そのことに気づいてあげられず、つらい思いをさせてしまった。

そして、きっと今はさらに過酷な状況に……。

焦りが大きくなっていた。早く救出しないと取り返しのつかないことになってしまう。もうじっくり探っている余裕などなかった。

「そういえば、ちょっと前に新しい子が入ったって聞きましたけど、荒井さまはご存じですか？」

さりげなさを装いつつストレートに尋ねてみる。すると、荒井は一瞬考えるような顔をしてから「ああ」とつぶやいた。

「ミカちゃんのことかな？」

「知ってるのね！」

つい声が大きくなってしまう。亜由美はミカという源氏名だったと聞いている。荒井が亜由美のことを知っているとわかり、思わず気持ちが先走った。

「もしかして、ミカちゃんの知り合いなの？」

涼子の反応を見て、荒井がニヤリと笑いかけてくる。焦りを見抜かれたのかもしれない。探るような目つきになって、顔を覗きこんできた。

「べ、別に知り合いってわけじゃないわ」

慌てて興味のない振りをするが、男はしつこく尋ねてくる。女の困った顔に興奮する質《たち》らしく、肩を撫でまわしながらハアハアと息を乱していた。

「言ってごらんよ。なにを教えてほしいのかな？」

「その人、すぐに辞めたって聞いたから、そんなに大変な仕事なのかなって……」

なんとか誤魔化しながらも、ミカのことを聞き出そうとする。どんなに些細《ささい》なことでも、彼女を発見するヒントになるかもしれない。とにかく、喉から手が出るほど情報がほしかった。

「教えてあげようか。ミカちゃんのこと」

耳孔《じこう》に生温かい息を吹きこみながら、内緒話をするように囁きかけてくる。涼子は思わず肩をすくめて、男の目を見つめ返した。

「なにか、知ってるの？」

「ふふっ……でも、その前にオプションサービスだよ」

荒井はドレスのなかに手を入れて、パンティのウエストを撫でまわしてくる。布地に指先を引っかけると、いきなり引きおろそうとした。

「なっ……なにするの！」

思わずドレスの上から男の手を押さえこんだ。

「オプションは断れない決まりだろう。クビになってもいいのかな？　それにミカちゃんのこと教えてほしいんじゃないの？」

それを言われると抗えなくなってしまう。いずれにせよ、ここで騒ぎを起こすのは得策ではない。ドレスの裾から手を離して顔を背ける。ここは男の言いなりになるしかなかった。

「そうそう、素直になればなんでも教えてあげるよ」

荒井は何度も頷きながら、パンティをじわじわと引きおろしにかかる。

下劣な男にパンティをずらされる感覚は、想像以上に屈辱的だ。条件反射で殴ってしまいそうで、懸命に拳を握り締めてこらえなければならなかった。

「大人しいミカちゃんとは違って、ルナちゃんは勝ち気だねぇ」

やはり亜由美のことを知っているらしい。荒井はもったいぶるようにつぶやき、パンティをゆっくりとおろしていく。ドレスの裾から淡いブルーのパンティが現れて、ハイヒールを履いた足から抜き取られた。

「へえ、これがルナちゃんの生パンティか」

男が戦利品の薄布をひろげて内側を覗きこむ。涼子は恥ずかしさに耐えきれず、慌ててパンティを奪い返した。

「やめて！　返して」

「おい、なにするんだ。恵理さんに報告してもいいのか？」

「うっ……それは……」

「困るだろう。だったら寄越すんだ」

目の前に差しだされた手に、脱ぎたてのまだ温かいパンティをそっと乗せる。これほど恥ずかしくて悔しいことはない。荒井は本性を丸出しにして鼻先をパンティに埋めると、匂いをクンクンと嗅ぎはじめた。

「ううん、いいねぇ。ルナちゃんのあそこの匂いがプンプンするよ」

「いやっ、もういいでしょ。それは早く仕舞って」

「俺のものなんだから、どう使おうと勝手だろう。ああ、この香り、最高だ」

「そんな、お願いだから……もうやめて」

涼子が掠れた声でつぶやくと、荒井はようやく満足したらしい。パンティを綺麗に畳み、スーツのポケットにさも大切そうに仕舞いこんだ。

「教えて、ミカって子のこと」

なんとか気持ちを落ち着かせると、あらたまって質問する。すると、またしても肩を抱かれて、脂臭い脂肪だらけの胸板に引き寄せられた。

「そう簡単には教えられないなぁ」

「ちょっと、約束が違うじゃない」

怒鳴りつけたくなるのをこらえて、男の胸もとからにらみつける。ところが、荒井は怯《ひる》むことなく、唇の端をいやらしく吊りあげた。

「反抗的な態度を取ったんだ。なんかサービスしてくれよ」

完全に足もとを見られている。それがわかっていながら、情報がほしいあまりに強く出ることができなかった。

「なにをすればいいの？」

悔しいけれど、交換条件を持ちかけるしかない。どんな些細なことでも、持っている情報をすべて聞きだすつもりだ。

「じゃあ、フェラチオでもしてもらおうかな」

荒井は信じられないことをさらりと言ってのける。まさか、この店ではそんないかがわしいサービスまで行っているのだろうか。

「早くやってくれよ」

肩を抱かれたままうながされる。思わず視線をさげると、男のスラックスの股間がこんもりと膨らんでいた。

「こ、これもオプションなの？」

嫌悪感を抑えこんで聞き返す。周囲のテーブルを見まわしても、そこまで過激なサービスを行っている様子はなかった。

「違うよ。でも、ミカちゃんのことが知りたいんだろう？」

まったく悪びれた様子もなく言うと、スラックスの股間を不気味にヒクつかせた。

「なっ……冗談じゃないわ。そんなことできるわけないでしょ」

さすがに我慢ならなかった。いくらなんでも、そんな娼婦のような真似までできるはずがない。男の胸板を押し返して、身体を離そうとする。すると、逆に荒井のほうが慌てて肩を抱き寄せてきた。

「お、おいおい、ちょっと待ってくれよ。そんなに怒ることないだろう。ちょっとからかっただけだよぉ」

一転して猫撫で声で引きとめようとする。好き勝手なことを言っているが、涼子の美貌に惹かれているようだった。

「教えてくれるの？」

「でも、頼むからその前に、おっぱいだけ触らせてくれよ」

荒井は懇願するようにつぶやき、ドレスの胸もとに手を伸ばしてくる。無遠慮にむんずと掴み、芋虫のような指をめりこませてきた。

「ンンっ……ほ、本当に教えてくれるのね」

「もちろんだよ。知ってることは全部教えるよ」

男の言葉を信じて、身体から力を抜いていく。ドレス越しとはいえ、乳房を揉みしだかれる嫌悪感は強烈だ。肩を抱かれたまま、もう片方の手で好き放題に双乳を交互に捏ねまわされた。

「あぅっ……そんなに強くしないで」

「やさしく揉まれるほうが好きなのかい？　ルナちゃんみたいに勝ち気な女は、意外とドMだったりするんだけどなぁ」

荒井は持論を展開しながら、お構いなしに胸の膨らみを揉みまくる。さらには乳首を探り当てられ、ドレスの上から摘まれた。

「あっ、ちょ、ちょっと……」

執拗にクニクニ転がされると、甘い刺激がじんわりとひろがっていく。たまらず身をよじるが、荒井はなかなかやめようとしなかった。

「乳首が硬くなってきたね。やっぱり無理やりされるのが感じるのかな？」

耳にも舌を這わされて、身体がビクッと反応する。確かにいじられている乳首が硬くなっているのを自覚した。

「うぅっ……もうお終《しま》いよ」

男の手首を摑み、胸からそっと引き剝がす。機嫌を損ねないように注意して、乱暴な言動を抑えこんだ。

「物足りないなぁ。やっぱりフェラしてくれよ。もうこんなになってるんだ」

荒井は懲りもせず、涼子の手を摑んで股間に導いていく。そして、手のひらを無理やりスラックスの膨らみに押しつけた。

「やっ、いい加減にしないと怒るわよ」

焼けるような熱さが伝わり反射的に手を離す。男の顔をにらみつけて、脂肪だらけの胸板を押し返した。

「わ、わかったわかった。ミカちゃんのことを教えるよ」

これ以上迫っても無駄だと悟ったのか、荒井はふっと苦笑を漏らす。ようやく、亜由美のことを話す気になったらしい。

「最後に見かけたのは四日前の夜だよ。でも、途中からいなくなったんだ」

「途中からって、どういうこと？」

「休憩に入ったなと思ったら、そのまま戻ってこなかったんだよ。そんなこと珍しいから印象に残ってたんだ」

「で、それっきり辞めたってこと？」

「そうらしいね。この店は人気のある女の子ほど突然辞めてくんだ。他の店じゃ、ナンバーワンの子って、そんな簡単に辞めないんだけどね」

それは興味深い話だった。しかも、荒井によると、女の子たちは他の店に引き抜かれたわけでもないという。そのまま夜の街から姿を消してしまうらしい。

人気者のホステスが突然いなくなる。

ただ単に田舎に帰ったということもあるだろう。だが、何人もとなると話は違ってくる。なにか裏があるような気がしてならなかった。

亜由美は四日前の仕事中に忽然《こつぜん》と姿を消した。

結局わかったのはそれだけだ。しかし、その小さな事実により、亜由美の失踪にこの店が絡んでいることを確信した。

2

休憩時間になり、涼子は他のホステス数人とともに更衣室に戻った。

椅子に腰掛けてブラックコーヒーを飲みながら目を閉じる。頭のなかにあるのは、もちろん亜由美のことばかりだ。

(藤崎、どこにいるの？)

このままでは埒《らち》が明かなかった。

亜由美が失踪してから丸四日が過ぎている。こうしている間にも、彼女は危険に晒されているかもしれない。残された時間はわずかしかないような気がした。

四日前、いったいなにがあったというのだろう。

失踪直前まで、亜由美はフロアで普通に客の相手をしていた。それなのに突然姿を消したということは、休憩時間になんらかの捜査を試みて、その過程で捕らえられたのではないか。

（やはり藤崎は単独捜査を……）

じつは、すでに見当がついている。初めて更衣室に案内されたとき、奥にある店長室とマネージャー室までの距離が不自然に長いことに気がついていた。

廊下の途中にドアがあったのも確認している。捜査官なら必ず調べようと思うはずだ。あのドアの向こうに、亜由美が失踪した秘密が隠されているのではないか。もしかしたら、麻薬や人身売買の痕跡も見つかるかもしれなかった。

涼子はすっと立ちあがり、さりげなく薄暗い廊下に踏みだした。

迷っている時間はない。危険は承知のうえで、ドアの向こう側を捜査するしかなかった。フロアとは逆方向に一歩踏みだしたとき、奥にあるマネージャー室のドアが突然開いた。

恵理が現れて、ハイヒールをカツカツ鳴らしながら歩いてくる。

あまりにもタイミングが悪すぎたが、ここで踵《きびす》を返すのは不自然だ。どうやって誤魔化すか思いつかないうちに、恵理が目の前まで迫ってきた。

「なにやってるの。尻尾を巻いて逃げだすつもり？」

嫌みったらしく言いながら、警戒心剝きだしで見つめてくる。下手《へた》な誤魔化しは通用しない。この状況では、不用意なひと言が墓穴を掘ることになりそうだ。こうなった以上、腹を括るしかなかった。

「ミカというホステスは辞めたのですか？」

思いきって尋ねてみる。まともな答えは期待していない。ただ、恵理がどういう反応をするかに興味があった。

「どうしてそんなことを聞くのさ？」

「お客さまが……あ、荒井さまが、気になさっていたものですから」

とっさに嘘をつくと、恵理の警戒心がわずかに薄らいだ。

「へえ、ミカのことが気に入ってたんだ。あの人の趣味じゃないけどね」

「それで、ミカという人は田舎にでも帰ったのですか？」

なんとか居場所を聞きだそうとする。話しているうちに口を滑らせて、なにかヒントを得られるかもしれなかった。

「ミカなら、すぐ近くにいるよ」

「えっ……？」

過剰な反応をしそうになり、慌てて小さく息を吐きだした。

ミカが——亜由美が近くにいるとは、いったいどういうことだろう。逸る気持ちを抑えこみ、平静を装いながら慎重に言葉を重ねた。

「荒井さまが、ぜひお会いしたいとおっしゃってました」

「ふうん、そう……」

恵理は少し考えるような顔になる。そして、ひとり言のように付け足した。

「会員になってずいぶん経つし、金は持ってそうだし、そろそろVIP会員にしても問題はないかな」

「VIP会員……ですか？」

「あんたにはまだ説明してなかったね。別フロアにVIP会員だけが利用できる、特別な専用ルームがあるのさ」

別フロアということは、あのドアの向こう側がそうなのかもしれない。なにやら妖しげな匂いがしてきた。

「人気の高いホステスを選抜して、VIP会員専用のホステスにしてるんだよ。ミカはVIPルームで働いてるよ」

最悪の事態も想定していただけに、亜由美が生きているという事実がわかっただけでも、胸の奥にこみあげてくるものがあった。

「わたしも、VIPルームで働かせてもらえませんか？」

涼子はここぞとばかりにアピールした。

自分がVIP専用ホステスになれば話は早い。大勢配備されている屈強なボーイたちと争うこともなく、亜由美に接触することができる。そうなれば、救出のプランも立てやすくなるはずだ。

ところが、恵理は小馬鹿にしたように鼻をフンッと鳴らした。

「まだ入ったばかりの新人だろ。ＶＩＰの相手なんて百年早いんだよ」

「もっとお金を稼ぎたいんです」

「確かにギャラはいいけどさ、あんたに務まるとは思えないね。ＶＩＰの相手は、通常のホステス接待なんかとは比べ物にならないくらい大変なんだよ」

「がんばりますから、なんとかお願いできないでしょうか」

縋るような瞳を向けて、深く腰を折っていく。亜由美に会えるチャンスだった。涼子は必死に何度も頼みこんだ。

「少しでも早く借金を返したいんです」

「そんなこと言われてもさ、全然経験が足りないよ」

恵理が冷たく言い放つ。それでも、涼子は頭をさげつづけた。

「なんでも……なんでもしますから」

「そこまで言うなら店長に推薦してやろうか？　マネージャーのわたしが推《お》せば、なんとかなるかもしれないよ」

恩着せがましい物言いが気になるが、とにかく今はＶＩＰルームに潜入することが重要だった。

「でも、推薦する前に身体をチェックさせてもらうよ。VIPで働くなら、顔はもちろん身体も完璧じゃないといけないからね」

パープルのドレスの上から、じろじろと眺めまわしてくる。品定めするような視線を遮りたくて、思わず自分の身体を抱き締めた。

「本当になんでもするんだね？」

まるで揚げ足を取るように聞き返されて、一瞬躊躇してしまう。とはいえ、今さら後に引けるはずもなく、涼子は一抹の不安を胸に抱えたまま頷いた。

「じゃあ、さっそくはじめるよ。ついておいで」

恵理はくるりと背を向けて、廊下を奥に歩いていく。涼子がついてくると確信しているのか、まったくこちらを見ようとしなかった。

3

（なに……この部屋？）

涼子は室内を見まわして、心のなかでつぶやいた。

恵理につづいてマネージャー室に足を踏み入れたところだ。

窓のない十畳ほどの部屋で奥には木製のデスクがあり、手前にはなぜか大きなベッドが置かれている。夜の仕事なので、仮眠を取ることが多いのだろうか。

「まずは身体を見せるのよ」

ベッドに腰掛けた恵理が、ギラつく瞳を向けてくる。胸の膨らみや腰のくびれに視線を這わせて、なぜか「ふふっ」と意味深な笑みを浮かべていた。

「見せる、というのは？」

「服を脱いで素っ裸になるんだよ」

あからさまに苛《いら》ついた調子で命じてくる。

恵理は大きな溜め息をつくと、ジャケットを脱いでベッドの隅に放り投げた。白いブラウスの胸は大きく膨らんでおり、下に着けているバラ色のブラジャーがうっすらと透けている。不機嫌そうに目尻を吊りあげて、ジロリとにらみつけてきた。

「いちいち言わせるんじゃないよ。身体の確認をするためにここに来たんだろ。脱ぐのは当たり前じゃないか」

「わかったわ……脱げばいいのね」

涼子は悔しさを噛み締めると、背中に手をまわしてファスナーをおろしていく。先ほど荒井にパンティを奪われているので、ドレスを脱ぐといきなり全裸になってしまう。それでも、脱がないわけにはいかなかった。

（藤崎、必ず助けるわ）

　亜由美の顔を思い浮かべて、決意を新たにする。

　思い切ってドレスをおろすと、大きな乳房が溢れだす。フルフルと揺れる柔らかい双つの膨らみの頂点には、淡いピンクの乳首が乗っていた。さらにドレスをさげていくと、陰毛がうっすらと生えた恥丘が露わになった。

「もっと近くに来て、よく見せるんだよ」

　仕方なくベッドに腰掛けている恵理の前に全裸で進みでる。すると、ねちっこい視線が柔肌を這いまわってきた。

「くっ……これで、いいでしょう？」

　つい表情が険しくなってしまう。羞恥と嫌悪がひろがるが、逃げることも隠れることもできない。それでも、亜由美を救出するためなら、どんな仕打ちにも耐え抜く覚悟だった。

　肌という肌をすべて晒し、ハイヒールだけを履いているのが恥ずかしい。せめてチェックを早く終わらせようと、手で隠すことなく裸体を蛍光灯の明かりの下に晒していった。

「ふうん。憎たらしいくらい、いい身体してるじゃない」

　恵理が嫉妬混じりに吐き捨てる。その直後、口もとに意味深な笑みを浮かべて、ブラウンのふんわりした髪を掻きあげた。

「モデルにでもなればよかったのに。まあ、もう遅いけどね」

目つきがどんどん妖しくなっていく。まるで獲物を前にした蛇のように、ピンクの舌先で唇をペロリと舐めまわした。

(なんなの、この女……)

視線はさらに粘度を増して、柔肌に絡みついてくる。

釣鐘型の乳房から、くびれた腰のラインにかけてをねちねちと見つめられた。むっちりした尻や恥丘も凝視される。すると、触れられているわけでもないのに、身体を撫でまわされているような気持ちになった。

「毛が薄いから、マン筋が見えてるよ。毛の手入れはしてるのかい?」

恵理は身を乗りだして股間を覗きこむと、ニヤつきながら見あげてくる。興味本位で訊いているとしか思えなかった。

「そんなことに答える必要はありません」

羞恥に全身を火照らせながら、きっぱりと反論する。しかし、恵理は引きさがることなく、すっと立ちあがった。

至近距離からにらみつけられるが、涼子も負けじと見つめ返す。

こんなところで時間を食っている場合ではないという焦りから、ついつい勝ち気な性格が顔を覗かせてしまう。こうしている間も、亜由美はつらい思いをしているに違いないのだから。

「相変わらず生意気な女だね。VIPルームで働きたいんだろう？　だったら、大人しくわたしの言うとおりにするしかないんだよ」

痛いところを突かれて、途端に言い返せなくなる。今はVIPルームに潜入することが最優先事項だった。

「わかったらベッドにあがりな。VIP相手のホステスとして相応《ふさわ》しいかどうかチェックしてやるよ」

なにをされるのか訝《いぶか》りながらも従うしかない。ハイヒールを脱いでベッドにあがり、裸体を仰向けに横たえた。

すると、なぜか恵理が服を脱ぎはじめる。

ブラウスとスカートを取り去ると、派手なバラ色のブラジャーとパンティを纏った熟れたボディが露わになった。寄せられた胸の谷間は深く、腰もそれなりに締まっている。カットの深いパンティが脚をスラリと長く見せていた。

「なに自慢げな顔してるんだい」

恵理がいきなり噛みついてくる。ベッドサイドに立ち、不機嫌そうな目で見おろしてきた。

「自分のほうがスタイルがいいと思って、わたしのこと馬鹿にしてたでしょ」

「そんなこと思ってないわ」

「その余裕の態度がムカつくんだよ。まあ、偉ぶっていられるのも今のうちさ」

憎々しげにつぶやき、ベッドにあがってくる。涼子の腰をまたいで膝立ちになると、舌なめずりをしながら見おろしてきた。

「なにをするつもり……あっ」

いきなり乳房を鷲掴みにされて、驚きの声が溢れだす。反射的に彼女の手首を掴むが、すかさず蓮《はす》っ葉《ぱ》な口調で凄まれた。

「手を離しな。ＶＩＰルームに行けなくなるよ」

恵理の顔には意地の悪い笑みが浮かんでいる。ＶＩＰルームのことをチラつかせて涼子を黙らせると、双乳に指を食いこませてきた。

「うぅっ……」

胸を揉まれて、嫌悪の呻き声が溢れだす。

怪しげな会員制高級地下クラブに潜入捜査をすると決めた時点で、ある程度のセクハラ行為は覚悟していた。しかし、まさか女性に身体をまさぐられることになるとは、まったく予想していなかった。

「ああ、柔らかい。いいおっぱいしてるわ」

恵理はうっとりしたようにつぶやき、執拗に胸をチェックする。妙にやさしい手つきなのが不気味だった。

ボリュームのある乳肉を、下から掬いあげるようにねちっこく揉みあげてくる。ときおり、柔らかさを確かめるようにプルプルと揺らしては、再びじわじわと指を沈みこませてきた。

(な、なに……どういうつもり?)

心の準備ができておらず、完全に不意を突かれたような状態だ。てっきり痛めつけられると思っていたので、ソフトな手つきが意外だった。

あれだけ目の敵《かたき》にされていたのに、いざ嬲《なぶ》るとなったら一転してやさしく責めたててくる。三年前に受けた恋人の愛撫と比べても、まったく遜色《そんしょく》がないくらいの丁寧な揉み方だった。

「どうして、こんなこと……」

「最近は豊胸してる子が多いからね。でも、VIPは天然にこだわっている人が多いから、チェックは欠かせないってわけ」

「手術なんてしてないわ」

「みんな口ではそう言うんだよ。だから、こうしてチェックしてるのさ。ルナ、あんたも例外じゃないよ」

恵理はもっともらしいことを言いながら、しつこく乳房をいじりまわしてくる。馬乗りになったまま、さも楽しそうに涼子の戸惑う顔を見おろしていた。

こんな屈辱を味わわされるのなら、いっそのこと乱暴にチェックされたほうがましだった。ところが、恵理の触り方はあくまでもソフトで、乳房全体を隈《くま》なく揉みしだいてきた。

(この女、もしかして……)

疑惑が脳裏をよぎるが、亜由美を探すためには手段を選んでいられない。仕方なく身をまかせることにして黙りこんだ。

「ンっ……ンンっ」

柔肉に指が沈みこむたび、溜め息が漏れそうになる。

同性の愛撫を受けるのなど、もちろん初めての経験だ。鳥肌が立つほど薄気味悪いが、恵理の愛撫は女のツボをとらえたもので、身体が反応しているのも事実だった。

(まだなの……)

涼子は戸惑いの瞳で、女マネージャーの顔を見あげた。

いつしか身体全体が気怠《けだる》くなり、手足が重くなっている。体温も少々あがっているのか、頬が火照っているように感じられた。

「赤い顔してどうしたのさ？　まさか感じてきたんじゃないだろうね」

「そんなはず……あうっ！」

いきなり乳首を摘まれて、思わず声が漏れてしまう。

散々胸を揉まれて血行が良くなったのか、やけに感度がアップしている。軽く摘まれただけなのに、痺れるような感覚が全身にひろがった。

「ふふっ、すごい反応」

恵理は嬉しそうにつぶやき、双つの乳首をクニクニと刺激してくる。すると、瞬く間に尖り勃《た》ち、ピンク色がいやらしいほどに濃くなった。

「あぅっ、ちょ、ちょっと……」

「こんなに硬くしちゃって、やっぱり感じてるんじゃない。ほら、乳首がピンピンになってる」

「そ、そこは関係ないでしょ」

振り払いたいところだが、機嫌を損ねるわけにはいかない。両手でシーツを握り締めてこらえながら、震える声を絞りだした。

「わたしのやり方が気に入らないなら、いつでも辞めてもらっていいんだよ」

女マネージャーは弱みにつけこむように言うと、上半身を伏せて乳房に顔を寄せてくる。そして、躊躇することなく、勃起した乳首に吸いついた。

「ひっ、ちょ、ちょっと……」

反射的に身をよじるが、恵理は構うことなく舌を這わせてくる。充血して過敏になった乳首を舐められて、身体がビクッと跳ねあがった。

「あうっ、い、いやっ」

双乳をねちねちと揉まれながら、乳首に舌がヌルリヌルリと這いまわる。さすがにここまでされるとは想定していない。強烈な汚辱感がこみあげて、どうすればいいのかわからなくなった。

「や、やめてっ……ンンっ」

たまらず彼女の肩に手を添える。しかし、押し返そうとしたとき、恵理が乳房をしゃぶりながら見あげてきた。

（そんな……卑怯よ）

無言の圧力に抗えない。ここで突き放せば、ＶＩＰルームへの潜入はおろか、店をクビにされるのは間違いなかった。

涼子が抵抗しないと悟ったのだろう。恵理はニヤリとしながら、まるで赤ん坊のように乳首をしゃぶりまわしてくる。唾液をまぶして舌を這わせたと思ったら、不意を突いてピンッと弾いたり、ときには前歯で甘噛みまでしてきた。

「あンンっ、や……もういや」

とてもではないが黙っていられない。胸をしつこく弄《もてあそ》ばれて、無反応を貫くことはできなかった。

（こんな……こんなことって……）

とにかく耐えるしかない。恵理の肩を摑んだまま、延々と身をよじりつづけた。

やがて胸をしゃぶられる嫌悪感のなかに、くすぐったさが入り混じってくる。認めたくないが、身体になんらかの変化が起こっているのかもしれない。なにしろ三年ぶりに受ける愛撫だ。もちろん望んだことではないが、熟れた女体が反応するのは拒めなかった。

「豊胸はしてないみたいね。とりあえず、おっぱいは合格よ」

ようやく恵理が乳房から顔をあげる。唇をいやらしく歪めながら、勝ち誇ったような瞳で見つめてきた。

「もう、服を着てもいいわよね」

涼子は内心安堵しながら、身体を起こしかける。ところが、恵理は腰にまたがったまま動こうとしなかった。

「まだ終わったなんて言ってないよ」

「だって、今……」

「全身をチェックしなきゃ意味がないだろう。今度はうつぶせになりな」

恵理は腰を浮かすと、股の下で女体を転がそうとする。抵抗できない涼子は、されるがままうつぶせになるしかなかった。

（ああ、そんな……まだ終わらないの？）

思わず心のなかでつぶやいた。

手を出せない状況で卑劣な女に身体をまさぐられる。様々な訓練を受けてきたが、シミュレーションにはない初めてのケースだ。どう対処すればいいのかわからず、肉体的にも精神的にもストレスが大きかった。

「今度はお尻のチェックをするからね」

恵理はまたがっている位置をふくらはぎの上までずらすと、両手を尻たぶにピトッとあてがってきた。

「あっ……」

いきなり尻肉をねちねちと揉みこまれる。指が食いこんでくると、もどかしいような感覚がひろがった。

「お尻も柔らかいじゃない。マシュマロみたいだわ」

「ンンっ……やめて」

またしてもシーツを握り締めて抗議する。とはいっても、思いきり拒絶することはできず、ヒップを微かによじらせるだけだった。

「お尻も感じるの？　ふふっ、強気なわりに敏感なんだね」

恵理は腰を摑んで強引に持ちあげると、四つん這いの姿勢を強要する。そして、自分は背後にしゃがみこみ、面白がって尻肉を捏ねまわしてきた。

「いやよ、こんな格好」

「じっとしてな。ＶＩＰルームに相応しいお尻か調べてるんだから」

「ううっ……」

後ろに突きだした尻を悪戯される羞恥は強烈だ。尻たぶを揉まれるだけでもつらいのに、いきなり臀裂をグイッとばかりに割り開かれた。

「あっ、やめて！」

「動くんじゃないよ。汚い尻の穴だったら、ＶＩＰに失礼だろ。採用されたくないのかい」

きつい口調で言われて、四つん這いのまま硬直する。

今はどんなに屈辱的でも耐えるしかない。涼子はヒップを後方に掲げた恥ずかしい姿勢で、シーツを強く握り締めた。

「ふふっ、ルナのアナルとアソコが丸見えだよ」

谷底に息づく尻穴に視線を感じただけで、全身がカッと燃えあがったように熱くなる。しかも、恵理は顔を近づけて、わざと生温かい息を吹きかけてきた。秘所を晒しつづける恥辱に全身が震えてくる。

「はンンっ……み、見ないで、恥ずかしいっ」

「へえ、お尻の穴もピンクなんだ。アソコなんて型崩れもないし、処女みたいなヴァージンピンクじゃない。あんた、本当は処女なんじゃないの？」

尻穴と淫裂をまじまじと観察された挙げ句、からかいの言葉を浴びせられる。涼子は屈辱と羞恥にまみれて、顔を真っ赤に染めあげた。

「お尻の穴がヒクヒクしてるよ。まさか見られて感じてるの？　まったく、綺麗な顔してはしたない女だね」

「も、もういいでしょ」

「なに勝手なこと言ってるんだい」

尻たぶを軽く平手打ちされる。ペシッと弾けるような音がして、瞬間的に痛みがひろがった。

「いっ……叩かないで」

「口答えしたら、また叩くよ」

恵理はそう言うと、またしても尻たぶをぴしゃりと打ち据えた。

「うくっ」

「わかったら返事！」

「は……い……」

返事をした途端、屈辱が胸の奥にじんわりとひろがっていく。いくら捜査のためとはいえ、こんな女の言いなりになっていることが悔しくてならなかった。

「ああッ！」

突然、淫裂をペロリと舐めあげられて、鮮烈な刺激が突き抜けた。

恋人にも口での愛撫はされたことがない。恥ずかしくて拒んでいたので、これが人生で初めてのクンニリングスだった。

「や、やめて……」

「ずいぶん可愛らしい声を出すじゃない。口でされるのが好きなの？」

恵理は弱点を見つけたとばかりに、淫裂に何度も舌を這わせてくる。そのたびに身体が小刻みに痙攣して、尻たぶに鳥肌がひろがった。

「あっ……や……ンンっ」

「濡れてきた。ほら、割れ目からお汁が溢れてきてる」

「そ、そんなはず……あンンっ」

淫らな嬌声を抑えられない。

舌先で掃くように舐められて、涼子の腰が意志とは無関係にうねりだす。陰唇に舌を感じるたび、意識が局部に集まっていく。すると、なおのこと感度があがり、性感がどんどん昂ぶりはじめてしまう。

「ンっ……ンンっ……」

「感じてきたんでしょ。もうオマ×コがトロトロよ」

「ウ、ウソよ……ああっ」

「ふふっ、無理しちゃって。可愛いところあるじゃない」

恵理の舌は滑らかに蠢き、クリトリスもヌルヌルと舐めまわしてくる。愛蜜を舌先で塗りたくっては、コリッとした肉豆を転がされた。

「あっ……あっ……」

「お豆も感じるんだね。ほうら、また濡れてきた」

「あンンっ……ぬ、濡れてなんて……」

尻たぶも同時に揉まれており、しだいに頭の芯がジーンと痺れてくる。恵理による女性ならではのツボを心得た愛撫は、頑なな涼子の心を溶かしはじめていた。

(な、なんなの……これ？)

嫌でたまらないのに、妖しい感覚は急激にひろがっている。認めたくないが、それは快感に他ならない。恋人との戯れでは得ることのできなかった快感が、確実に湧きあがっていた。

「や……もういやよ……」

「照れてるのかい？　我慢することないよ。喘ぎたいなら喘いでごらん」

恵理は執拗に股間を舐めまわし、愛蜜を啜りつづける。舌の動きは激しさを増し、ついには禁断の窄まり――アナルにまで伸びてきた。

「あひッ、そ、そこは……ひああッ」

もちろん排泄器官を舐められるのなど初めての経験だ。あまりのおぞましさに絶叫するが、恵理はいっこうにやめようとしなかった。

「お尻も感じるんだね。もっとしてあげるよ」

舌先で華蜜を尻穴に塗りつけて、ねろねろと舐めまわしてくる。強烈な汚辱感が突き抜けるが、いけない愉悦《ゆえつ》も膨らみはじめていた。

「あっ……やっ……ああっ」

いつしか喘ぎ声がとまらなくなり、舌の動きに合わせて腰がゆらゆらと揺れてしまう。舌先が肛門から陰唇に戻ると、無意識のうちに愛撫をねだるようにヒップを突きだしていた。

(や、やだ、わたし……なにしてるの?)

気づいてやめようとするが、尻たぶをがっしり摑まれて、好き放題に舐めまわされると抵抗できない。これほどの愉悦は恋人とのセックスでも、ときおりするオナニーでも体験したことがなかった。

「襞が震えてるよ。よっぽどいいみたいだね」

「も、もうダメ……あああっ」

瞬く間に理性が蕩けて、もうなにも考えられない。未知の快楽に翻弄され、ただ腰を振って喘ぐだけになっていた。

「すごく濡れてきた。オマ×コ、そろそろイキそうなんじゃない？」

「あっ……あっ……やめて、もう……ああっ」

尖らせた舌が陰唇の狭間《はざま》に入りこみ、じわじわと奥まで這い進んでくる。たまらず顎が跳ねあがり、黒髪がふわりと宙を舞い踊った。

「こっちも苛めてやるよ」

容赦なく舐めまわされてふやけたアナルに、指を押し当てられる。そのままズブリと挿入された瞬間、頭のなかが真っ白になった。

「あああッ！　お、お尻っ、やめてっ……あッ……ああッ」

膣を舌で穿《うが》たれながら、アナルに指を挿入される。凄まじい感覚に襲われて、全身が凍えたように震えだす。背筋がググッと弓なりに反り返り、これまで体験したことのない悦楽の嵐に呑みこまれた。

「ああッ、もうダメっ、おかしくなるっ、あッ、ああッ、おかしくなっちゃうっ、あッ、い、いいっ、あひあぁぁぁぁぁッ！」

鮮烈な刺激が脳天まで突き抜けて、シーツを掻きむしりながらよがり泣く。透明な汁が股間からプシャアアッと噴きだし、腰をはしたなく振りたくった。かつて味わったことのない絶頂感に、意識が飛びそうになった。

恵理は汁を浴びながらも執拗に陰唇をしゃぶりつづける。アクメの波が去って、涼子がぐったりと脱力すると、ようやくクンニリングスから解放された。

「偉そうにしてたのに潮《しお》まで噴くなんて……ふふっ」

蔑むような笑い声が、ショッキングピンクに染まった頭のなかに響き渡る。

涼子はうつぶせに倒れこんだ状態で、ハァハァと息を乱していた。意識は恍惚の彼方を漂っている。それなのに、恵理は容赦なくヒップをぴしゃりと叩いてきた。

「誰が休んでいいって言ったの。今度はわたしを楽しませる番だよ」

悪魔のような笑い声が、鼓膜を不快に振動させる。涼子は身体を起こすこともできず、シーツに頬を押しつけたまま屈辱を噛み締めていた。

4

「ルナ、起きな。自分だけ気持ちよくなってるんじゃないよ」

恵理はニヤつきながら声をかけてくると、ぐったりしている涼子の身体を仰向けに転がした。

「あんたみたいに勝ち気な女を苛めるのって、すっごく興奮する」

息を乱しながら、ブラジャーを外して豊満な乳房を剝きだしにする。柔らかそうな巨乳の頂点に鎮座する乳首が、濃い紅色をしているのが卑猥だ。さらにパンティもおろして、陰毛が黒々と生い茂る恥丘を露わにした。

「な……なに？」

涼子は絶頂の余韻のなかで危険を察知し、身体を起こそうとする。ところが、その前に恵理が顔をまたいで、反対向きに覆い被さってきた。

「女同士のシックスナインだよ。男とはしたことあるんだろう？」

女体をぴったり重ねられて、乳房が彼女の腹部に押し潰される。反対に彼女の巨乳も、涼子の臍のあたりに押しつけられていた。

「ああ……やめて」

目前に恵理の局部が迫っている。かなり使いこんでいるのか、陰唇はぼってりとぶ厚く、色素沈着で黒ずんでいた。大量の華蜜が湧きだしてヌラヌラと濡れ光り、発情した牝の匂いが生々しい。

「ルナの嫌がる声って最高。ああ、たまらないわ」

もはやレズビアンであることを隠すつもりはないようだ。しかも、恵理は女を嬲ることで興奮するサディストでもあった。

「い、いやっ、どいて」

「そんな態度をとってもいいのかい？　これが最後のチェックだよ。わたしが店長に推薦すれば、ＶＩＰルームで働けるかもしれないのに」

「うっ……」

あと少しの辛抱で、ＶＩＰルームに潜入できる。亜由美を助けるためには、なんとか耐え抜くしかなかった。

「ふふっ、大人しくなったね。じゃあ、いっしょに気持ちよくなるんだよ」

太腿を抱えこまれて、股間に生温かい息が吹きかかってくる。アクメに達した直後で、淫裂はたっぷりの愛蜜を湛えていた。

「こんなに濡らしちゃって、よかったんだろう？」

「見ないで……もうやめて」

「たっぷり楽しませてもらうからね。ほら、わたしのことも舐めるんだよ」

恵理が股間を顔面に押しつけてくる。濡れそぼった陰部が唇にヌチャッと触れて、気色悪さに思わず首を左右に振りたくった。

「ううっ、離れて！」

「ああンっ、いきなり激しいじゃない」

唇が陰唇を擦ったことで快感が生じたらしい。恵理は喘ぎながら、涼子の淫裂にむしゃぶりついてきた。

「ああっ、ダ、ダメっ、あああっ」

散々責められて絶頂に昇り詰めたことで、全身の感度があがっている。舌でヌルリと舐めあげられた瞬間、またしても華蜜がドクンッと溢れだした。

「はううッ、や、やめて……」

懇願せずにはいられない。しかし、陰唇をねちねちと舐められるたび、腰が物欲しそうに動いてしまう。緩やかに下降していた快感曲線が、また跳ねあがってくる。一度燃えあがった官能の炎は、そう簡単には鎮火してくれなかった。

「すごい反応ね。嫌がってる振りして、本当はノリノリなんじゃないの？」

「そんなこと……あンンっ」

「ほら、クリも硬くなってるじゃない。感じるでしょう？」

勃起したクリトリスを舌先で転がされて、またしても快感電流が突き抜けた。

「あっ……あっ……」

「ルナが可愛く悶えるところ見てたら、わたしも濡れてきちゃったわ。ほら、早く舐めるのよ」

恵理は興奮気味に捲したてると、愛蜜でドロドロになった股間を唇に押しつけてくる。そして、愛撫を強要して腰をよじりたてた。

「ううっ、いや、こんなこと……」

唇に触れる蕩けた陰唇の感触が気持ち悪い。牝の匂いも強烈で、思わず顔を背けたくなる。ところが、むっちりした太腿で頬を挟まれて動けなくなった。

「わたしのことをイカせるまで、あんたのオマ×コを舐めつづけるわよ。何回イクか楽しみね」

股間から恐ろしい声が聞こえてくる。この粘着質で嗜虐《しぎゃく》的な性格の女なら、本当にやりかねなかった。

「感じるポイントはわかってるんだから……ンンっ」

「あああっ、そ、それ、ダメっ」

陰唇の狭間に尖らせた舌が入りこんでくる。敏感な粘膜を舐められて、腰に小刻みな震えが走り抜けた。

（そんな、これ以上されたら、また……）

このままでは、すぐに昇り詰めてしまう。それでも、恵理のことだから延々と弄びつづけるに違いない。言うとおりにしなければ、きっと何度も絶頂を味わわされることになる。

（もう、やるしか……）

涼子は悲壮な覚悟で震える舌を伸ばし、口もとに押しつけられている女陰を舐めあげた。

「はううっ……い、いいわ、その調子よ」

恵理も涼子の膣口に舌を挿入して、ヌルヌルとピストンさせてくる。強烈な愉悦のうねりが湧きあがるが、涼子も懸命に舌を使って淫裂に刺激を送りこんだ。

「ああっ、もっとよ、クリも舐めて」

うながされるまま肉芽にも舌を這わせていく。愛蜜のヌメリを利用して転がすと、恵理の反応があからさまになった。

「あンンっ、それいいっ、クリがいいわっ」

腰を揺すって喘ぎながら、反撃とばかりに涼子の陰唇に吸いついてくる。唇でぴったりと覆ってズチューッと強烈に吸引されると、すぐにでも昇り詰めそうな快感の波が押し寄せてきた。

「やっ、そ、そんなに強く……あああッ！」

「ルナのお汁、すごく美味しい。わたしのも吸うのよ、さあ、早くっ」

「こ、こんなこと……はむううっ」

頭の芯が痺れて訳がわからなくなってくる。涼子もヒップを抱えこんで陰唇に唇を押しつけると、思い切ってジュルルッと吸いあげた。

「ひああッ、いいっ、はああッ、いいわぁっ」

恵理が切羽詰まった嬌声を響かせる。もう昇り詰める寸前なのか、華蜜の量が倍増して腰が激しく震えはじめた。

（ああっ、早くイッて……わたしも……）

涼子は懸命に愛撫を施しながら、膨らみつづける快楽に戸惑いを隠せない。

陰唇をしゃぶられて膣口を吸引されるたび、愉悦の波に翻弄《ほんろう》される。今にも昇り詰めそうな悦楽が押し寄せて、無意識のうちに彼女の顔を内腿で挟みこんだ。

「あうッ、いいわ、上手よ、もっと吸って」

恵理の喘ぐ声に合わせて蜜壺を吸いあげる。すると、反対に涼子の華蜜もジュルジュルと啜られた。

「あッ……ああッ……そ、そんなにされたら……」

「イキそうなのね。わたしもよ、ああッ、いっしょにイクのよ」

アナルまで舐めまわされて、膣には指をねじこまれる。愉悦が爆発的に膨らみ、涼子も蜜壺に指を押しこみながら、クリトリスを思いきり吸いあげた。

「あひいッ、イ、イキそうっ、あああッ、ルナもいっしょにイクんだよ！」

「い、いやよっ、そんなの……あッ、ああッ、吸わないでっ」

押し寄せてくるアクメの波に抗おうとするが、全身に痙攣が走って燃えるように熱くなる。腰が勝手にガクガクと動き、しゃぶられている陰唇の狭間から透明な汁がプシャッ、プシャッと断続的に噴きだした。

「あああッ、また潮噴いてるのね、ああッ、わたしもイキそう、いいっ、いいっ、はううッ、イクイクっ、あぁあああぁぁぁぁッ！」

恵理が断末魔の嬌声を響かせて、大量の華蜜を溢れさせる。それと同時に尖らせた舌を陰唇の狭間に沈みこませてきた。

「あンンッ、ダ、ダメっ、わたし、わたしも……はああッ、もうダメっ、こんなのって、あああッ、ンあああぁぁぁぁぁッ！」

まるでバネ仕掛けのように、はしたなく腰が跳ねあがった。

膣にねじこまれた舌を締めつけて、またしてもアクメに追いやられる。恵理のヒップを抱えこみ、甲高いよがり泣きを響かせた。


いったいどれくらいの時間が経ったのだろう。

二人は汗ばんだ身体を横たえて、気怠いアクメの余韻のなかを漂っていた。

「ルナも意外と可愛いところあるじゃない」

先に口を開いたのは恵理だった。

火照った身体がぴったりと密着している。髪をそっと撫でられているが、涼子はぐったりとして身じろぎひとつしなかった。

「普段はじゃじゃ馬なのに、ちょっと頭を撫でてやると可愛い声でアンアン鳴いちゃって……ふふふっ」

屈辱的な言葉をかけられても、口を開く余裕すらない。重い疲労感が全身にのしかかっていた。

「あんたのこと気に入ったわ。店長に推薦しておいてあげる。ＶＩＰルームに行けるはずよ」

「は……い……」

気力を振り絞って返事をする。

涼子は半ば失神したような状態で、彼女の言葉を聞いていた。

これで亜由美の救出に一歩近づいたはずなのに、胸のうちには敗北感がどんよりとひろがっている。なにか大切なものを失ったような気がしてならなかった。

第四章　性奴調教の罠

1

涼子はプラチナレディーズへの潜入を継続していた。

この日も店側が用意したピンクのドレスに身を包んでいる。やはり胸から上が剝きだしで、裾はパンティがぎりぎり隠れるほどの丈《たけ》しかない。身体を売り物にされる口惜しさが、胸の奥に澱《おり》のように降り積もっていた。

テーブルについている今も、中年客の無遠慮な視線が剝きだしの肌に這いまわるのを感じている。そのうち肩を抱かれて、身体をまさぐられるのは目に見えていた。勝ち気な性格で特殊捜査官としてのプライドが誰よりも高い涼子にとって、これほど屈辱的なことはなかった。

「ルナちゃんは本当に美人だねぇ」

隣に座っている痩せぎすの中年客が、ニヤニヤしながら太腿に手のひらを重ねてきた。ねちっこく撫でまわす手つきに背筋がゾッとする。それでも、はね除けるわけにはいかず、にっこりと微笑みかけた。

「ありがとうございます。今後ともご贔屓《ひいき》にお願いします」

「肌なんかスベスベで最高だよ」

男の手が内腿に滑りこみ、徐々に股間へと近づいてくる。涼子はそっと男の手首を摑むが、笑みを崩すことなく語りかけた。

「今はお待ちになって。お酒をお作りしますから」

客のあしらい方ばかりが上手くなっている。卑劣な男に視姦されながら愛想笑いを浮かべて、水割りのおかわりを手際よく作った。

「そういえば、ミカさんっていうホステスご存じですか？」

男の手をそっと押し返しながら、さりげなく質問する。

「ミカ？　ううん、そんな子がいたような気もするけど、もう忘れちゃったよ。今はルナちゃんが一番だからね」

客は気色悪い猫撫で声を出すと、剝きだしの肩に手をまわしてきた。

「あんっ、もうお上手ですね」

涼子は焦りと怒りを押し隠して微笑んだ。

すべては亜由美を救い出すためだった。連絡を絶っている後輩捜査官のことを思うと、居ても立ってもいられなくなる。慎重に捜査をつづけているが、まったく進展していない。廊下にある謎のドアを探ろうにも、恵理やボーイたちが警戒するようにうろついており近づけなかった。

（きっと、今頃ひどい目に……）

思わず奥歯を強く噛んだ。

二日前、亜由美がＶＩＰルームにいるという情報を掴み、涼子は自分もそこで働けるようマネージャーの恵理に頼みこんだ。ところが、身体のチェックをするという名目のもと、おぞましいレズ行為を強要された。

結局、あの日は明け方まで嬲《なぶ》られつづけて、恵理の欲望を満たすためのオモチャにされてしまった。

亜由美に再会できると思って、されるがままになっていた。しかし、しだいに望まない快楽に流されてしまった。何度も絶頂を極めさせられたことが悔しくてならない。信じられないことに潮まで噴かされてしまった。

あれほどの屈辱を味わわされたのに、いまだに亜由美と接触できずにいる。店長に推薦してもらえる約束だったが、もしかしたら弄ばれただけなのかもしれない。そう思うと苛立ちばかりが募っていった。

休憩時間になったので更衣室に戻ろうとすると、恵理がすっと寄ってきた。

「店長がお呼びだよ」

彼女の顔には意味深な笑みが浮かんでいる。視線で廊下の奥を示すと、それ以上はなにも言わずに立ち去った。

店長から呼びだされるのなど初めてだ。

やっとＶＩＰルームに移れるのか、それとも他の用件なのか。いずれにせよ、膠着《こうちゃく》していた事態が動くかもしれない。さっそく廊下を進んで店長室の前に立つと、気を引き締めてドアをノックした。

「うむ、入れ」

もったいぶったように一拍置き、偉そうな声が聞こえてくる。涼子は内心警戒しながら、緊張している新人ホステスを装ってドアを開けた。

「ルナです。失礼します」

一歩踏み入れた途端、素早く室内に視線を走らせる。

ドアのすぐ横に、蝶ネクタイを締めたボーイが立っていた。鋭い目つきと屈強な体格から、ただのボーイでないことは明らかだ。

窓のない十畳ほどの部屋で、奥にある木製のデスクの向こうに店長の豊田が座っている。そして、豊田の両隣にもボーイがガードするように立っていた。

（敵は豊田とボーイが三人ね）

いざというときのために、敵の戦力を瞬時に分析する。

椅子にふんぞり返っている豊田はニヤついており、三人のボーイたちは無表情で暴力的な匂いを漂わせていた。とはいえ、涼子は訓練学校で実戦的な格闘術を身に着けており、数多くの修羅場も体験している。相手が素手なら四人くらいはなんとかなる。

問題は敵が銃を持っているかどうかだった。

ボーイたちのスーツの腰まわりと腋《わき》の下を注視する。まったく膨らみがなく、ホルスターを装着している様子はない。だが、それだけでは安心できなかった。

涼子の背後でドアがバタンッと閉められた。

ボーイはほぼ真後ろに立っている。本人は死角に入っているつもりだろうが、気配を殺せていないので、動きは手に取るようにわかっていた。

「どうして呼ばれたかわかるか？」

豊田が低い声で語りかけてくる。

両手は机の陰になっていて見えない。当然ながら、銃を隠し持っている可能性も考慮しなければならなかった。

「もしかして、ＶＩＰルームで働かせていただけるのでしょうか？」

相手の出方を見ながら慎重に切りだした。

「恵理から話は聞いている。希望どおりＶＩＰ専用のホステスにしてやろう」

「ありがとうございます。これで借金が返せます」

ようやく亜由美と再会できるかもしれない。涼子は借金を背負ったホステスの振りをしながら深々と頭をさげた。

「ところで、キミはＶＩＰ専用ルームでの仕事内容を理解しているのかな？」

豊田が満面にいやらしい笑みを浮かべている。

じつは、ＶＩＰルームでの仕事内容は聞かされていない。何度か恵理に尋ねてみたが、採用が決まったら教えると突っぱねられた。同僚ホステスや客にもそれとなく探りを入れたが、ＶＩＰルームの存在自体が知られていなかった。

「どんなことをするのでしょうか？」

問いかける声に、意識して緊張の色を滲ませる。

通常の接待でもオプションサービスなどと謳って、その場でパンティを脱いで客にプレゼントしていた。ＶＩＰルームでは、もっと激しいサービスをしているのは間違いないだろう。

「通常のサービスとは違うから、慣れるまでは大変かもしれないぞ」

豊田はもったいぶるように前置きすると、にやつきながらＶＩＰルームでの仕事内容を語りはじめた。

「簡単に言うと、性奴隷による売春とショーをお客さまに提供してるんだよ」

「性……奴隷？」

思わず眉根を寄せて聞き返す。「性奴隷」という単語は口にするだけでも嫌な気持ちになる、じつに不気味でおぞましい響きだった。

「そう、性奴隷だ。ＶＩＰルームで働くということは、すなわち二度とまともな人間として扱われなくなるということなんだよ」

豊田が目配せしたことで、いきなり背後からボーイに羽交い締めされる。さらに残りの二人のボーイも左右から迫ってきて、両手首をそれぞれがっしりと掴まれた。

「な、なにをするんです？」

わざと弱々しい声をあげて身をよじる。

ドレスの胸もとから覗く乳房を波打たせて、大胆に露出している太腿を意識的に揺らして見せつけた。色気で敵の目を欺く作戦だが、豊田もボーイも注意を逸らすことはない。意外にも手強そうだった。

（くっ……どういうつもり？）

反撃したいのをじっとこらえる。ほんの少しの我慢で、ＶＩＰルームに潜入できるかもしれない。それに敵が銃を隠し持っている場合もある。いずれにせよ、相手の出方を知る必要があった。

「VIPルームに移る前に、まずは調教を受けてもらわなければならない」

椅子に座っていた豊田がゆっくりと立ちあがる。机の下に隠されていた手には、銃ではなく小さな注射器が握られていた。

「そ、それは……」

「こいつはマッハエクスタシーと言ってな、麻薬入りの媚薬だよ」

豊田は注射器のキャップを外しながら歩み寄ってくる。

「これを使えば、どんなに貞淑な女でも淫乱になる。しかも強い中毒性があるから、一度打ったら逃げられない」

「ま、麻薬が入った媚薬なんて……どうして？」

涼子はこみあげてきた憤怒を抑えこみ、震える声で質問する。

「まだわからんのか？　女を監禁調教するときに使うんじゃないか。マッハエクスタシーを打てば、簡単にVIP専用の性奴隷を作ることができるんだよ」

犯罪行為だというのに、自慢げに語っているのが腹立たしい。しかし、おかげで事件の全容が見えてきた。

女性を薬漬けにして性奴隷に仕立てあげ、売春や卑猥なショーで荒稼ぎしているようだ。それと並行して、調教済みの女性を船で海外に運び、高値で売り飛ばしているのだろう。

（急がないと、藤崎も……）

焦りが胸のうちにひろがっていく。

連絡が取れなくなってから時間が経ちすぎていた。亜由美がマッハエクスタシーを打たれているとしたら、すでに中毒になっている可能性もある。そのうえ、海外に売られるようなことになったら……。

顔から血の気が引いていくのがわかった。目眩に襲われて、身体から力が抜けそうになる。三人のボーイたちに身体を摑まれていなかったら、ひざまずいていたかもしれなかった。

「VIPルームで働きたいんだろう。自分で望んだことだぞ」

目の前まで迫ってきた豊田が、注射器を涼子の腕に近づけてきた。

「待って……最後に教えて」

「なんだ言ってみろ」

いつでも奴隷に堕《お》とせるという余裕なのか、注射針がいったん遠ざけられる。そして、豊田は木製の机に尻を乗せると楽しそうに見つめてきた。

「ミカってホステスはどうなったの？」

一刻も早く亜由美の安否を知りたかった。

「ああ、前回ＶＩＰにまわった女だな。すっかりマッハエクスタシーの味を覚えて、毎日客のチ×ポを嬉しそうにしゃぶってるよ」

「ウ、ウソ……」

「ウソじゃないさ。なにしろ、俺が直々《じきじき》に仕込んだんだからな。見た目とは違って気が強いんだ。でも、チ×ポを突っこんでやれば、思いきり締めつけて何回でも昇り詰めるんだから、女ってのはわからないな」

「ま……まさか……」

「なかなかいい味だったぞ。そんなに経験がなかったんだろうな。まるでヴァージンみたいな締まりだったよ」

「やめて！　そんなことするはずないわ」

つい感情的に叫んでしまう。とてもではないが聞いていられなかった。

「なにを怒ってる。まあ、こいつを打てば落ち着くだろう。すぐにミカにも会わせてやるぞ」

豊田が再び歩み寄ってくる。注射器を上に向けて、なかの空気を少量の薬液とともにピュッと押し出した。

「くっ……やめなさい！」

注射針が腕に近づき、反射的に身をよじる。しかし、三人のボーイたちにしっかりと身体を押さえられていた。

このまま大人しく注射を打たれれば、ＶＩＰルームに連れこまれて亜由美と再会できる。しかし、その時点で薬が効いていたら助け出せない。下手をすれば二人とも死ぬまで囚《とら》われの身となってしまう。

「ちょっとチクッとするぞ」

もう迷っている時間はなかった。

（藤崎はわたしが助ける！）

覚悟を決めると、右足を素早く後方に跳ねあげる。膝から下のバネを使い、背後から羽交い締めしている男の股間にハイヒールを叩きつけた。

「おごぉッ！」

耳もとで呻き声が聞こえて、絡みついていた腕が離れていく。

後方に蹴りあげた右足を、床につけることなく思いきり前方に振り抜き、正面に立っている豊田を前蹴りで突き放した。

「うおッ……」

豊田が背中を机に打ちつけたときには、両隣の男たちが宙に舞っていた。

手首を返して逆関節を極めると同時に投げ飛ばしたのだ。角度を調節して落とすことで、わざと脳震盪《のうしんとう》を起こさせて動けなくした。

「セヤァアッ！」

全身から裂帛《れっぱく》の気合いを迸《ほとばし》らせて、振り向き様に掌底《しょうてい》を突きあげる。金的を蹴られて悶絶している男の顎を打ち抜き、意識を断って黙らせた。

すべては一瞬だった。三人のボーイは泡を吹いて昏倒しており、豊田は注射器を手にしたまま尻餅をついていた。

「ＶＩＰルームの鍵を渡しなさい」

注射器を奪って逆手に持つと、針を首筋に押し当てる。とにかく少しでも正確な情報がほしかった。

「ルナ、おまえはいったい……」

豊田は驚きを隠せない様子で目を剝いている。いろいろと聞きだすために、あえてこの男だけ気絶させなかった。

「質問に答えて」

注射針を首に浅く突き刺した。

ピストンを押しこめば、この男の体内に薬液が流れこむ。かなり手荒だが、こうなってしまった以上は迅速に行動するしかない。一刻も早く救出しなければ、亜由美の命が危険だった。

「や、やめろ、そいつには中毒性の高い麻薬が混ざってるんだ」

「だったら早く言いなさい。ミカはどこにいるの？」

正直に答えないと注射する素振りを見せながら詰問した。

「か、監禁部屋だ。廊下にドアがあるだろう。あそこに入っていけば、すぐに見えてくる。ミカはふたつ目の部屋にいる」

「ＶＩＰルームはどこ？」

「監禁部屋を通り過ぎて、もっと奥に進んだところだ。頼むから針を抜いてくれ」

豊田は情けない声で白状するが、涼子はまだ信用したわけではなかった。悪党というのは切羽詰まった状況でも、己の保身のために嘘をつくものだ。

「鍵を渡しなさい。廊下のドアの鍵があるはずよ」

「わ、渡すから、もう勘弁してくれ……」

どうやら完全に観念したらしい。豊田は悪あがきをせずスーツのポケットから鍵を取りだし、そっと差しだしてきた。涼子は鍵を受け取るや否や注射針を抜き取り、延髄に手刀を叩きこんだ。

「うぐぅっ……」

一撃で昏倒させて、すぐさま店長室を後にする。ドレスにハイヒール姿で廊下を走り、監禁部屋に通じるドアの前までやって来た。

幸い周囲に人影は見当たらない。急いで鍵を開けてなかに入ると、薄暗い廊下を慎重に進んでいく。そして、角を曲がったところに、たくさんのドアが並んでいた。おそらく、これが監禁部屋だろう。

（ふたつ目の部屋に、藤崎が……）

豊田の言っていることが本当なら、亜由美はふたつ目のドアの向こうに監禁されている。急いで歩み寄ろうとすると、いきなりひとつ目のドアが開いてボーイが三人飛びだしてきた。

「くっ……雑魚《ざこ》に構ってる暇はないのに」

廊下が狭いので、男たちは束になってかかってこられない。つまりは一対一と同じ状況で、これなら戦う前から勝負は見えていた。

「うりゃあぁッ！」

先頭の男が拳を振るいながら突進してくる。玉砕覚悟なのか、あまりにも安直な攻撃だ。涼子は斜め前方に一歩踏みだしてパンチをかわしつつ、カウンターの飛び膝蹴りを男の顎に叩きこんだ。

「セイッ！」

「ぐはぁッ……」

強烈な感触があり、意識を失った巨体が崩れ落ちる。その直後、二番目の男がジャンプしながらキックを飛ばしてきた。

「クソぉぉッ！」

着地した直後でバランスを崩しながらも、紙一重の体捌《たいさば》きで攻撃をかわす。そして、すれ違い様にこめかみへ肘を打ちつけた。

「うがッ……」

男が白目を剝いて倒れこむと、さらに三番目の男が飛びかかってくる。首を絞めようとしているのか、両腕を前に伸ばして迫ってきた。

「ぶ、ぶっ殺してやる！」

そんなスローな攻撃に捕まるはずがない。涼子はその場でクルリと背を向けて、電光石火の後ろ蹴りを繰り出した。ヒールがレバーにめりこみ、男は真っ青になって倒れこんだ。

（なんなのコイツらは……）

体力はほとんど消耗していないが、時間の経過が気になった。

急いでふたつ目のドアに歩み寄って、室内の音に耳をそばだてる。しかし、不自然なほど、まったく物音が聞こえてこなかった。

罠である可能性も考慮しながら、ドアノブに手をかける。とにかく、亜由美を見殺しにはできない。ドアをほんの少しだけ開けて、隙間から室内を覗きこんだ。

（ふ……藤崎！）

思わず両目をカッと見開いた。

コンクリート打ちっ放しの部屋の中央に、全裸の亜由美が立たされている。両腕を背後にまわしており、胸の上下には縄が巻きつけられていた。

大きな乳房が無残にくびりだされており、股間に生い茂る陰毛も剥きだしだ。正義感に溢れていた瞳は虚《うつ》ろで、焦点が定まっていない。数日に渡る監禁生活の過酷さを物語っているようだ。

マッハエクスタシーを打たれたうえ、言語に絶するような凌辱を受けつづけたに違いない。気力が萎《な》えてしまったのか、生気がまったく感じられなかった。

そして、亜由美の隣には、白いスカートスーツ姿の恵理が立っていた。

こちらを見つめて、唇の端にいやらしい笑みを浮かべている。手には拳銃が握られており、銃口が亜由美の頭に突きつけられていた。さらにスーツ姿の男も五人いて、それぞれ銃を手にしている。

(最悪だわ……)

様々なパターンを想定していたなかでも、最悪の事態だった。

しかも五人の男たちは、先ほどまでの連中とは雰囲気が異なっている。どうやら、精鋭部隊が揃えられているようだった。

「ふふっ、そんなところに隠れてないで入っておいで」

恵理は余裕たっぷりに語りかけてくる。まるで涼子が来るとわかっていたような口ぶりだった。

(こんなに早いなんて……さっきの雑魚たちは時間稼ぎだったのね)

こうなっては手も足も出ない。亜由美を残して逃走すれば、まず間違いなく命を奪われるだろう。仲間を見殺しにするわけにはいかなかった。

「無事なのね?」

ドアの陰から声をかける。すると、虚ろだった亜由美の瞳が微かに揺れた。

「せ、先輩……」

懐かしい声が聞こえてくる。責任を感じているのだろう。亜由美は眉を弱々しく歪めて、下唇をキュッと嚙み締めた。

「言うとおりにしないと、こいつの頭が吹っ飛ぶよ」

恵理がこれ見よがしに、亜由美に向けた拳銃の撃鉄を起こす。

この女なら本当にやりかねない。ここは素直に従うしかないだろう。涼子は反撃の隙をうかがいながら、そっとドアを開けて室内に足を踏み入れた。

2

「うくっ……」

涼子はドレス姿のまま両手首を縛られて、天井から吊りさげられた。

ハイヒールの踵《かかと》は床から浮いており、かろうじてつま先立ちしている状態だ。この体勢からでは、蹴り技も満足に使えない。敵は恵理と五人の男たちで、全員が銃を所持している。しかも、亜由美を人質に取られていた。

裸電球の弱々しい光が、コンクリート剝きだしで窓のない部屋を照らしている。隅に洋式トイレとパイプベッドがあるだけの、じつに不気味な空間だった。

「わたしの言うことは絶対だよ」

銃を手にした恵理が、ニヤニヤと話しかけてくる。すぐ隣には亜由美を従えており、五人の男たちは吊られている涼子の背後にまわりこんでいた。

「一回反抗するたび、この子の身体に鉛の弾を一発ぶちこむからね」

恵理は銃口で亜由美の乳房を小突きまわす。縄でくびりだされているせいか、乳首がぷっくり膨らんでいる。そこを銃の先端でグリグリと刺激した。

「あンンっ……」

亜由美は反射的にうつむき、妙に艶《なま》めかしく腰をよじった。

薬を打たれているので、全身の感度があがっているのかもしれない。やけに生々しい声が鼓膜に絡みついてきた。

（耐えるのよ……絶対に隙ができるはず）

囚われの身となったが、もちろん降伏するつもりなど微塵《みじん》もない。必ず脱出のチャンスが訪れると信じていた。

自分は吊られてしまったが、亜由美はかろうじて足技を使える状態だ。手を縛られていても戦える訓練を受けている。やつれているとはいえ、特殊捜査官としての本能まで消すことはできない。必ず突破口を開いてくれるはずだ。

（藤崎、頼んだわよ）

目の前に立たされている亜由美に、アイコンタクトでメッセージを送る。

ところが、なぜか彼女はすっと視線を逸らしてしまう。敵の目を欺くためなのか、それとも本当に気力が萎えてしまったのか……。

（まさか……そんなはずないわ）

警察組織のなかでも、もっとも過酷な訓練を受けて、耐え抜いた者だけがなれるエリート中のエリート。決して折れない鋼《はがね》の心を持っている特殊捜査官が、悪に屈するなど考えられなかった。

「うふふっ……」

恵理が不気味な含み笑いを漏らす。涼子は思わず表情を険しくして、女の顔を見つめていた。

「こういうとき、普通は尋問するんだろうね。おまえは何者だ、って感じでさ。でも、わたしは訊かないよ。どうしてかわかるかい？」

なにかがおかしい。ただのホステスでしかないルナ——涼子がこれほど大暴れしたのに、恵理はなにも訊いてこなかった。

（素性がばれてる？）

こちらの行動がすべて読まれていたのだとしたら、恵理が待ち伏せしていたことも納得できる。

シナリオどおりに動かされているような気がしてならない。まるで誰かが描いた絵図の上で踊らされているような薄気味悪さを感じる。嫌な汗が噴きだし、背筋をツーッと流れ落ちていく。

「やっとわかったみたいね」

恵理の顔に勝ち誇ったような笑みが浮かんだ。

「ルナ……いえ、陣内涼子、あんたのことは全部調べがついてるんだよ。零係《ぜろがかり》の特殊捜査官なんだってね」

女の言葉に、涼子は頭をハンマーで殴られたような衝撃を受けた。

恵理は吊られた涼子のまわりをゆっくりと歩き、さも楽しそうに顔を覗きこんでくる。捕らえた獲物を、どういたぶるか考えているのだろう。ときおりドレスの上から乳房や尻を揉みしだいてきた。

「うくっ……触らないで」

強がってにらみつけるが、内心かなり焦っている。敵に囚われたうえ、素性を知られているのだ。いつ殺されてもおかしくない状況だった。

「超エリートのくせにずいぶん間抜けじゃない。こっちは最初から全部わかってて、あんたをホステスとして採用したのにさ」

この女の言うことが本当なら、すでに面接を受けたときには特殊捜査官だとばれていたことになる。

「どうして採用したかわかる？　下手にこそこそ探られるより、取りこんでしまったほうが動きがわかって安全ってわけ。それに現役の女捜査官を捕らえて調教すれば、喜ぶ客も多いしね。いい商売になるよ」

正面に立った恵理が、両手で乳房を揉みあげてくる。ドレス越しとはいえ、レズビアンらしいねっとりした手つきが不気味だ。さらに剝きだしの腋の下にも指先を這わされて、思わず腰をよじりたてた。

「ううっ……どうしてわかったの？」

涼子はまさかと思いながらも、恵理の後ろに立ち尽くしている亜由美をチラリと見やった。

たとえ拷問されても口を割らないはずだ。それが特殊捜査官の矜持《きょうじ》だ。それなのに、亜由美は薬を打たれて秘密を話してしまったのだろうか……。

「あら、仲間を疑ってるの？　ミカは最後までがんばってたわよ」

恵理は唇の端をニヤリと吊りあげて、うつむいている亜由美に歩み寄った。そして、縄掛けされてひしゃげている乳房を、やさしく揉みあげていく。

「はンぅっ……」

艶めかしい吐息が、亜由美の唇から溢れだす。乳首を摘まれると、裸体をビクッと震わせた。

「この子、可愛い顔してたいした精神力だよ。マッハエクスタシーを使っても、全然しゃべらなかったんだから」

嬲ったときのことを思いだしているのだろう。恵理は視線をうっとりと宙に向けながら語りはじめた。

亜由美は囚われの身となり、天井から吊られた状態で豊田に何度も犯された。かたわらには恵理もいて、ニヤつきながら一部始終を眺めていた。

マッハエクスタシーを打たれて敏感になった身体は、本人の意志とは無関係に昂《たか》ぶった。極太のペニスをピストンされると喘ぎ声がとまらなくなり、数え切れないくらい昇り詰めていた。

「も、もう……許して……」

亜由美は涙を流しながら訴えた。

全身をヒクつかせて涎《よだれ》を垂らしながらも、自分の素性だけは決して明かそうとしなかった。すでに意識は朦朧《もうろう》としているが、それでも捜査官としての誇りが心を支えていた。

「スパイごっこをするだけあって、なかなか頑固な女だな」

豊田は驚異的な精力を誇っており、なおもペニスをいきり勃《た》たせている。亜由美の背後でしゃがみこむと、尻肉を割り開いてアナルにむしゃぶりついてきた。

「ひゃあッ……い、いやですっ」

犯されつづけて失神寸前まで追いこまれていても、排泄器官を舐められるおぞましさは強烈だ。亜由美は吊られた身体を激しくよじって抵抗した。

「口を割らせる方法なんていくらでもあるんだ。今度はこっちの穴をたっぷり可愛がってやる」

女が抗えば抗うほど、豊田の嗜虐心は刺激される。この男の性拷問から逃れる方法は、秘密を打ち明けること以外にはなかった。

「おまえは何者なんだ。言わないとこうだぞ」

尖らせた舌が、肛門の中心部にあてがわれる。たっぷりの唾液をまぶすと内側に押し開き、ついにはヌルリと入りこんだ。

「ひいッ、い、いやあっ」

吊られた身体を揺すりたてるが、豊田は喜々としてアナルを舐めつづける。舌をヌプヌプと抜き差しして、肛門の内側を念入りに刺激してきた。まるで舌先がペニスになったように、延々と出入りを繰り返した。

「ふうっ、そろそろ言う気になったか？」

唾液をたっぷりまぶしたと思ったら、亀頭の先端をアナルに押し当ててくる。そして、くびれた腰を摑み、ゆっくりとペニスを押しこんできた。

「そ、そんなところ……あひいいッ！」

亜由美はたまらず背筋を仰け反らして、いやいやと首を左右に振りたくった。

排泄器官を犯されるおぞましさに、涙を流しながら絶叫する。女壺を散々犯されて打ちひしがれていたのに、さらに過酷な凌辱に晒《さら》されてしまった。

「やめてっ、ああッ、い、痛いっ」

「薬を使ってるから大丈夫だ。すぐにアナルが大好きになるぞ」

豊田は背中に覆い被さりながら、ついに剛根を根元まで挿入した。それと同時に、恵理の高笑いが響き渡った。

「く、苦し……ううっ」

「もうムズムズしてるんじゃないのか？　本当は動かしてほしいんだろう？」

「や……ぬ……抜いて……はああッ」

抗議の声は途中から淫らな声に変化する。ペニスが動きはじめたことで、これまでにない異様な感覚が亜由美の全身を襲っていた。とはいっても、まだ超スローペースのピストンでしかないのだが……。

「どうだ、すごいだろう？」

「あっ……あっ……ダ、ダメっ」

「もっと早く動かしてほしいか？」

豊田が問いかけると、亜由美は肯定も拒絶もせずに黙りこむ。顔をピンク色に上気させて、微かに腰を揺らすだけだった。

「おまえが何者なのか話せば、もっと激しく動かしてやる。マッハエクスタシーをキメて、アナルでイクのは最高だぞ」

焦《じ》らすように腰を振られて、両手で乳房を揉みしだかれる。尖り勃って疼く乳首を指先で転がされ、さらなる刺激を送りこまれた。だが、与えられるのは中途半端な快感だけで、アクメはお預け状態だった。

「ああンっ、いや……ああっ、いやンっ」

亜由美は泣き顔で振り返り、自らヒップをくねらせる。それでも豊田はスローペースのピストンをつづけていた。

「本当のことを言えば、たっぷりイカせてやる。でも、ただのホステスだって言い張るなら、ずっとこのままだ」

「ああっ、そんな……お、お願いです」

「甘ったれるな。ほれほれ、言うまで焦らし責めにかけてやる」

ペニスを小刻みに揺すって、蕩《とろ》けたアナルを擦られる。恵理も嗜虐的な笑みを浮かべて見つめていた。微妙な刺激だけを延々と送られて、亜由美はアクメの一歩手前で泣きじゃくった。

「ああっ、もうダメ、おかしくなっちゃう」

「そろそろ言う気になったろう。おまえは誰なんだ？」

「わ、わたし……わたしは……」

精神も肉体も陥落《かんらく》寸前まで追い詰められていた。

それでも言い淀むのは、捜査官としてのプライドがあるからだ。言葉が溢れそうになるが、途中で下唇を噛み締めた。

「意地を張っても苦しみが長引くだけだぞ」

豊田はペニスを引き抜くと、恵理からマッハエクスタシーの注射器を受け取った。

「さっき打ったばかりだが仕方ない。通常の使用量を超えるとどうなるのか、じっくり拝ませてもらうぞ」

「や、やめて……ひぃっ」

亜由美の抗う声は無視されて、腕に注射針が突きたてられる。二本目のマッハエクスタシーを流しこまれると、途端に心臓の鼓動が速くなった。性感が爆発的に膨れあがり、愛蜜がダラダラと溢れだした。

「ああっ、い、いやっ、こんなのって……はンンっ、か、身体が……」

「挿れて欲しいのか？　だったら全部吐くんだ」

豊田はペニスの先端をアナルに押し当てる。しかし、決して挿入はせずに、亀頭を押しつけてはすっと引く。そうやって、焦れるような刺激だけを与えつづけた。

「ほれほれ、もう我慢できないんだろう？」

「そ、そんな……あアンっ、も、もうっ」

亜由美は嗚咽を漏らして腰を振りはじめる。それでも口を割ろうとしないが、いきなりペニスを最奥までズンッと突きこまれると、一気に壁が突き崩された。

「あううッ……も、もうダメぇ」

「言うんだ、おまえは何者だ。言わないと抜くぞ。それでもいいのか？」

カリで直腸壁を削るように、腰を大きくまわされる。それだけで、昇り詰めてしまいそうな快感がひろがった。

「い、いや……と……特殊……捜査官……ああっ」

「ほう、つまり警察だな。名前と所属を教えてもらおうか」

豊田はニヤニヤしながら腰を使い、さらなる情報を引きだそうとする。

「ふ、藤崎亜由美……湾岸北署、零係……ああッ、もうこれ以上は言えません」

亜由美は焦らし責めにかけられて、ついに警察組織を裏切ってしまった。

屈辱の涙をこぼしながらも、さらなる快楽を欲して腰を淫らにくねらせる。アナルをヒクつかせて、逞《たくま》しすぎるペニスを締めつけた。

「まあいいだろう。俺も我慢できなくなってきたところだ」

「あああッ、い、いいっ」

ついに望んでいた快感を与えられ、あられもない嬌声を響かせる。犯罪者のペニスで排泄器官を犯されているというのに、どうしようもないほど感じていた。

「おおっ、締まってきたぞ。アナルでイキそうなのか？」

「あッ、ああッ……そんなに激しくされたら」

もう否定することはできなかった。

くびれた腰をがっしりと摑まれて、尻肉がパンパン鳴るほど突きこまれる。初めてアナルを犯されているにもかかわらず、麻薬入りの媚薬が効いており、凄まじい快感がこみあげていた。

「あああッ、もうダメですっ」

「ようし出すぞっ、くううッ、で、出るっ、ぬおおおおッ！」

「はううッ、あ、熱いっ、あああッ、お尻なのに、あああッ、イクイクううッ！」

アナルに中出しされると同時に、亜由美も絶叫しながら昇り詰める。恵理の見ている前で、吊られた裸体をガクガクと痙攣させて、大きな乳房を揺すりあげた。

「そ、そんなことが……ひどい……」

涼子は思わず言葉を失った。

まさか肛門まで犯されるなんて考えられない。亜由美は想像を遥かに上回る性拷問を受けていた。女としてこれ以上の屈辱はないだろう。苦し紛れに自分の素性を語ってしまったとしても仕方のないことだ。

「亜由美ったらアナルでヒイヒイ喘いじゃって……ふふふっ」

恵理は瞳を爛々《らんらん》と輝かせて語ると、亜由美の乳房をねっとりと揉みしだいた。

「ああンっ、いやっ、言わないで……先輩、ごめんなさい」

亜由美の唇から謝罪の言葉が溢れだす。自分の不甲斐なさに涙を流し、黒髪で顔を隠すようにうつむいた。

「でも、それ以上はいっさい語らないんだから根性はあるみたいね。まあ、おかげでわたしもたっぷり楽しませてもらったんだけどさ」

おそらく毎日レズ行為を強要していたのだろう。

身体をまさぐられているうちに火照ってきたのか、亜由美は内腿をもじもじと擦りはじめていた。

「や……先輩の前では……あンンっ」

もう抵抗できないくらい調教されているのかもしれない。口では拒絶しているが、まるで誘うように腰を振っていた。

「あとは警察に潜りこませている仲間に調べさせて、零係にもうひとり〝陣内涼子〟って女がいることを摑んだってわけ」

「ゆ、許さない……あなたたちを絶対に許さないわ」

腹の底から憤怒が沸々とこみあげてくる。

今は反撃できないが、絶対に屈するわけにはいかない。涼子は正義の炎を燃えあがらせた瞳で、恵理のニヤけた顔をにらみつけた。

3

「さっきはよくもやってくれたな」

いきなりドアが開いたかと思うと、豊田が怒りの形相で入ってきた。

後頭部に手を当てて、首をだるそうにまわしている。先ほど涼子が延髄に手刀を落とした痛みが、まだ残っているのだろう。

恵理と亜由美が壁際にすっとさがる。五人いた男たちは、それぞれ銃を握り締めたまま待機していた。

「まったく、あんなに強く殴るとはな」

最初から監禁部屋に誘導して、拘束するつもりだったのだろう。罠だったのだ。

亜由美のことを気にかけるあまり、冷静な判断力を失っていたのかもしれない。頭の片隅ではおかしいと思いつつ、助けるためには行くしかない状況に追いこまれていた。結局のところ、亜由美を捕らえられて、なおかつ素性がばれていた時点でほとんど勝ち目はなかったのだ。

「礼はたっぷりさせてもらうぞ、涼子」

なれなれしく名前を呼び捨てにされて、苛立ちが募っていく。それでも黙りこんでいると、豊田はすぐ目の前まで迫ってきた。

「ほう、いい格好じゃないか」

息がかかるほど近づき、吊られている涼子の身体を眺めまわす。そして、いきなりドレスの胸の膨らみを鷲摑みにしてきた。

「やっ……触らないで！」

さすがに黙っていられず、反射的に言い放って身をよじる。しかし、復讐心に燃える男がそう簡単に離すはずもない。もう片方の手も加えて、双乳をグイグイと揉みしだいてきた。

「汚い手を離しなさい！」

「おいおい、言ってくれるじゃないか」

片頰にいやらしい笑みを浮かべると、布地越しに乳首を摘んでくる。強弱をつけて転がす手つきは、思いのほかソフトだった。

「すぐに自分からおねだりするようになるんだぞ」

「うっ……や、やめなさい」

「なんだ、もう感じてきたのか。美人捜査官はずいぶん感度がいいらしいな。それなら、こいつを使ったらどうなるかな？」

豊田はスーツのポケットから、小さな注射器を取りだした。マッハエクスタシーに間違いない。麻薬入りの媚薬を使って犯し抜くつもりなのだろうか。

見せつけるようにキャップを外すと、注射針を剥きだしになっている二の腕の内側に近づけてきた。

「そんなもの使っても、絶対に屈しないわ」

「強がっていられるのも今のうちだ」

注射針が柔らかい皮膚に突きたてられる。微かな痛みが走り、心の奥底に恐怖が芽生えた。

(薬を打たれるなんて……)

この状況では逃げも隠れもできない。注射針が折れると危険なので、身じろぎすらできないのが悔しかった。

「じっとしてろよ。ほうれ、媚薬が流れこんでいくぞ」

注射器のピストンが押されて、透明な薬液を注入されてしまう。女を性奴隷に調教するために使う薬だ。どんな反応が現れるのか、考えただけでも恐ろしい。とにかく、心まで流されないよう精神力で乗りきるしかなかった。

「反抗的な目だな。まあ、せいぜいがんばってくれ。簡単に降参されたら、こっちも面白くないからな」

豊田は舌なめずりすると、ドレスの裾から剝きだしの太腿に手のひらを這わせてきてくる。肉付きを確認するように軽く摑んだりしながら、ねちっこい手つきで撫でまわした。

「ううっ……」

涼子は反射的に内腿をぴっちり閉じて股間をガードした。

蹴りあげたい衝動に駆られるが、つま先立ちの状態では力が入らない。それに壁際にさがっている亜由美の頭に、恵理が銃を突きつけていた。反抗したら撃ち殺すという脅しに他ならなかった。

「わかったわ。言うとおりにするから、藤崎は解放しなさい」

「フッ……まだ自分の立場がわかっていないようだな」

豊田は鼻で笑うと、その場にしゃがみこんで、太腿からふくらはぎに手のひらを移動させる。しなやかな筋肉の感触を味わうように揉みしだき、片足ずつハイヒールを脱がしていく。

「まさか蹴ったりしないと思うが念のため脱いでもらうぞ」

「うくっ……」

素足でつま先立ちすることになり、ますます苦しい体勢になる。少しでもよろめくと、手首に縄がギリギリと食いこんだ。

「おまえたち二人は、現役捜査官の娼婦として働いてもらう。今からじっくり調教してやるから覚悟するんだな」

　恐ろしい言葉を浴びせかけられ、涼子は思わず吊られた身体を揺さぶった。

「慌てなくても、すぐにマッハエクスタシーが効いてくる。そうすれば、何回でも天国に行けるぞ」

　さらに大胆に太腿を触られる。両手で抱きかかえるようにして、裏側をネチネチと撫でられた。

「誰がそんなこと……はうっ、触るな！」

　怒りを剝きだしにしてにらみつける。しかし、いくら強がったところで、男の愛撫をとめることはできない。手のひらは太腿の裏側を這いあがり、ドレスの裾から入りこんでくる。さらにはパンティの上から尻たぶを抱えこまれた。

「あぁっ……」

　屈辱と羞恥が湧きあがり、思わず小さな声が漏れてしまう。

　ドレスが男の手首にかかり、白いパンティが剝きだしになっていた。周囲で見ている恵理や亜由美、それに五人の男たちの視線が集まってくる。無意識のうちに身をよじるが、そんな反応は豊田を悦ばせるだけだった。

「ふふふっ、後輩に見られるのが恥ずかしいか？　いいケツしてるじゃないか。ボリューム満点だな」

尻肉を揉みまくりながら、スラックスの股間を押しつけてくる。ちょうど恥丘のあたりに、硬い物がグリグリと当たっていた。

「あうっ、やめなさい……ンンっ」

気色悪さに耐えているうちに、心なしか身体が火照ってきたような気がする。心臓の鼓動も速くなり、急激に頭がぼんやりしてきた。

(な、なんなのこれ……ああっ、熱いわ)

あっという間に全身が燃えあがったように熱くなる。揉まれているヒップの感度が一気にアップして、無意識のうちに腰をくねらせていた。

「くンンっ……」

「ほう、マッハエクスタシーが効いてきたらしいな」

豊田が楽しそうに顔を覗きこんでくる。尻肉に指を食いこませながら、タバコ臭い息を吹きかけられた。

「うっ……いい加減にしなさい」

「そんなこと言いながら、オマ×コ疼かせてるんじゃないのか？　ほら、こうやってケツを揉まれるだけで感じるだろう？」

薬の効能を知り尽くしているらしい。女体に起こっている変化を見抜いており、じっくりと愛撫を加えてくる。決して慌てることのない粘りつくような手つきが不気味だった。

「きっちり仕込んで最高の娼婦にしてやる。こんな美人捜査官のサービスを受けられるんだ。きっと予約が殺到するだろうな」

「ふざけないで！　なにをされても、おまえの言いなりになどならない」

自分を鼓舞しながら、眼光鋭く男の顔をにらみつける。特殊捜査官の誇りに賭けても、最後まで戦い抜くつもりだ。

「威勢がいいのはわかったが、マッハエクスタシーの効果はまだまだこんなもんじゃないぞ」

豊田は自信満々につぶやき、ヒップにまわした手でパンティを引き絞った。

「あううッ！」

思わず情けない声が漏れて、つま先立ちの脚に力が入る。紐状になったパンティが臀裂に食いこみ、強烈な刺激が突き抜けた。

「ほうれ、ケツが剝きだしになってるぞぉ」

からかいの言葉をかけられ、もう片方の手で尻たぶをペチペチと叩かれる。尻肉が外気に晒されているのがわかり、瞬間的に顔が熱くなった。

「ちょっと、やめなさいっ」

羞恥を誤魔化すように怒鳴りつけるが、この卑劣な男がやめるはずもない。ますますパンティを食いこませると、強弱をつけて引きあげてくる。すると、細くなった布地が淫裂を擦り、じんわりと妖しい感覚がひろがった。

「ンっ……くぅぅっ……」

「どうだ、気持ちいいか？」

豊田が至近距離から声をかけてくる。もちろん、その間もパンティを小刻みに食いこまされて、剝きだしの尻たぶに手のひらを這わされていた。恥丘にスラックスの硬い膨らみを押しつけられているのもおぞましかった。

「こんなの……ううっ、気持ち悪いだけよ」

吐き捨てるようにつぶやくが、体温はさらに上昇していく。パンティが食いこむ股間の感覚も、どんどん鋭くなっていくようだ。

(なんか、ヘンだわ……)

強気な態度を貫きながらも、身体の変化に内心戸惑っていた。

涼子の心肺機能は、特殊捜査官のなかでもずば抜けている。それなのに、胸の鼓動がかつてないほど速くなっていた。

「やせ我慢するな。本当は感じてるんだろう？」

尻たぶを妙にやさしい手つきで揉みまわされる。すると、途端に気怠い気分になって、思わず溜め息が漏れそうになってしまう。

「か、感じるはず……はううっ」

強気な言葉を投げつけようとしたそのとき、股間の奥でクチュッと湿った音がして、淫裂がじわじわと濡れてくるのがわかった。

（ウ、ウソ……そんな……）

すかさず内腿を強く擦り合わせる。

いくら媚薬を打たれたとはいえ、この状況で感じてしまうとは。涼子は激しいショックを受けていた。

精神力で乗り越えるつもりだったが、いとも簡単に濡らしてしまった。しかも、人質に取られた後輩捜査官が目の前にいるというのに……。

思わず瞳を向けると、壁際に立たされている亜由美と目が合った。

どこか哀れむような視線が胸に突き刺さる。おそらく、同じような体験をしているのだろう。涼子が置かれている状況を、彼女は誰よりも理解している。心では拒絶しているのに、肉体が反応してしまう悔しさをわかっているのだ。

「目が潤んできたな。たまらなくなってきたんだろう？」

豊田のぶ厚い唇が迫ってきて、条件反射的に顔を背けた。

こんな男に唇を奪われることを考えただけでも虫酸が走る。すると、そのまま首筋に吸いつかれて、強烈な汚辱感が突き抜けた。

「くううッ、い、いやっ」

眉間に縦皺を寄せて上半身をよじりたてる。手首に縄が食いこんで痛むが、それよりも肌を穢《けが》されるおぞましさのほうが勝っていた。

「ずいぶん汗を掻いてるじゃないか」

豊田のたらこ唇が首筋を這いまわり、舌先を伸ばして唾液の筋をつけていく。ヌメヌメした感触に悪寒がひろがるが、身体は燃えるように熱くなっている。すべての毛穴が開いたような状態で、全身の皮膚がじっとりと汗ばんでいた。

「やっ……ううっ、舐めないで」

「ううん、いい匂いだ。どれ、こっちのほうはどうかな?」

唇が首筋から腋の下へと移動する。両腕を頭上に掲げているので、左右の腋窩《えきか》が剝きだしになっていた。

「ヒンンっ!」

顎が跳ねあがり、裏返った声が溢れだす。

腋の下の柔らかい皮膚に、男の唇がベチャッと密着している。ぶ厚い舌がゆっくりと這いまわり、滲んだ汗を舐めあげていく。くすぐったさをともなう汚辱感が、腋の下から四肢の先まで波紋《はもん》のように伝播《でんぱ》した。

「や、そんなところ……あうっ、いや、くううっ」

反応すると悦ばせるだけだとわかっている。それでも、じっとしていられず、男の唇から逃れようと身をよじった。もちろん、どんなに暴れても逃げられない。左右の腋窩を好き放題に舐められ、唾液まみれにされてしまった。

「ずいぶん感じているみたいだな。もう濡らしてるんだろ？」

豊田はすべてお見通しとばかりにいやらしい笑みを浮かべると、ヒップを抱えこんで後ろから股間に手を潜りこませてくる。太腿の隙間に無理やり手をねじこみ、パンティの上から淫裂に触れてきた。

「ああっ……」

「もうドロドロになってるじゃないか。くくっ、やっぱり身体は正直だな」

「や、やめ……はンンっ」

そのまま船底を指で擦られて、淫らな刺激に身体が小刻みに震えてしまう。望まない刺激にも、三十歳の熟れた身体は確実に反応する。たとえ媚薬のせいだとしても、感じているという事実が涼子の心を少しずつ蝕《むしば》んでいた。

「ゆ、許さない……絶対に……」

羞恥と屈辱が入り混じり、顔が真っ赤に染まっていく。憤怒の炎を燃えあがらせることでしか、流されそうな心を支えられなかった。

「まったく気の強い女だ。嬲り甲斐があって楽しいが、そろそろ立場をわきまえてもらわないとな」

豊田はいったん涼子から離れると、スーツを脱ぎはじめた。

「ま……まさか……」

「焦らすのはこれくらいにして、とりあえずぶちこんでやる」

ボクサーブリーフをおろすと、いきり勃ったペニスが剝きだしになった。

亀頭がぶっくりと膨らみ、カリが鋭角的に張りだしている。肉胴部分にはミミズのような太い血管がのたくっていた。

「なっ……」

思わず溢れそうになった悲鳴を、ぎりぎりのところで呑みこんだ。

しかし、ペニスから視線を逸らすことができない。瞳を大きく見開いたまま、極太の男根を凝視していた。

涼子は眉根を寄せて固まった。

これほど巨大なペニスを見るのは初めてだ。異様に黒光りしており、まるで大木の枝のようにゴツゴツしている。三年前に別れた恋人とは比べ物にならない、威圧感のある巨根だった。

「おまえはもう性奴隷になるしかないんだ。そのことをいやってほど教えてやる」

豊田は見せつけるように勃起を揺らし、正面から迫ってくる。そして、ドレスの裾を捲り、片脚を強引に持ちあげて腋に抱えこんだ。

「や、やめなさいっ」

慌てて言い放つが、男根は股間に迫ってくる。パンティを脇にグイッとずらされて、巨大な亀頭が真下から淫裂にあてがわれた。

「はうッ……」

「ここまで来てやめるはずがないだろう」

「こ、こんなこと許されないわ」

レイプの恐怖が脳裏をよぎる。懸命に腰をよじるが、剛根の切っ先をずらすことは叶《かな》わない。その気になれば、すぐにでも犯されてしまうだろう。

思わず亜由美に視線を向けると、彼女も涙を流しながらこちらを見つめていた。

(負けられない、藤崎のためにも……どんなことがあっても)

弱気になりそうだった心を奮いたたせる。レイプされるのは恐ろしいが、心まで穢されるわけにはいかなかった。

「負けない……絶対に負けないわ」

「ほう、おもしろい。マッハエクスタシーで火照った身体を犯されても同じことが言えるかな?」

豊田は腰を落とした体勢から、剛根を真上に突きあげてきた。

「あああッ！　ま、待って」

かろうじて床についている足で、懸命につま先立ちをする。無駄だとわかっていても、黙って受け入れたくはなかった。

「でかすぎて怖くなったか？　でも、こいつがクセになるんだ」

「あうッ、む、無理よ……はううッ」

亀頭が淫裂の狭間に嵌《はま》りこみ、膣口が強引なまでにひろげられる。身体を引き裂かれると思ったとき、一番太いカリの部分がズブリと沈みこんだ。

「ほうら、入ったぞ。あとはもう大丈夫だ」

「はンンッ……そ、そんな、苦しい」

ついに犯罪者のペニスで犯されてしまった。

両腕を吊られたうえに、素足での片脚立ちを強要されている。

三年ぶりに受け入れる男根が、三年ぶりのセックスが、こんな最悪の形になるとは思いもしない。懸命にプライドを保とうとするが、絶望感が胸の奥に暗い影を落としていた。

しかし、今は落ちこんでいる暇などなかった。巨大な男根は、休むことなくじわじわと奥まで入りこんでくる。

「あっ……ンンっ……い、いやっ」

「口ではいやがってても、なかはトロトロになってるじゃないか。本当は気持ちよくてたまらないんだろう？」

確かに苦しかったのは最初だけで、膣道を擦られるたびに快感の小波《さざなみ》が全身にひろがっていく。最後にズンッと腰を突きあげられて、亀頭が誰も踏みこんだことのない最深部に到達した。

「あううっ……ふ、深いっ」

頭が仰け反り、軽い目眩に襲われる。薬を打たれた影響なのか、それとも望まない快感の影響なのか、理性がぐんにゃりと歪んできた。

(こんな男に犯されてるのに……)

悔しさが押し寄せてくるが、同時に快感も高まっていく。根元まで埋めこまれている長大なペニスを、意志とは無関係に膣が勝手に締めつけていた。

「おおうっ、いい壺だ。グイグイ絞られるぞ」

豊田は快楽に呻き、腰を上下に揺すりたててくる。性急な感じで剛根を抜き差ししながら、もう片方の脚も抱えあげた。

「やっ……な、なに？」

涼子の身体は完全に浮きあがり、真下からペニスで支えられている状態になった。吊られた手にはほとんど体重がかかっておらず、股間の一点に体重が集中していた。

「お、奥まで来てる……あンンっ」

亀頭の先端が子宮口にコツコツとぶつかり、痺れるような感覚が突き抜ける。たまらず両脚を男の腰に巻きつけて、足首をしっかりとフックさせた。

「ああっ、い、いやよ、あああっ」

少しでも腰を浮かせたい一心だったが、結果として下腹部に力が入ってペニスを締めつけてしまう。なおのこと快感が大きくなり、我慢できずに両脚で男の腰を引きつけた。

「もっと奥までほしいのか？　でも、その前に……」

豊田はニヤリと笑いながら、ドレスの胸もとに手をかけて強引に引きおろした。

「あああっ！」

乳房がプルルンッと勢いよく溢れだして大きく弾《はず》む。淡いピンクの乳首は、すでに硬く尖り勃って自己主張していた。激しさを増すピストンに合わせて、たっぷりとした柔肉がプリンのように波打った。

「そ、そんな……ああッ、動かないで、あああッ」

「いい胸してるじゃないか。美人でスタイル抜群で、締まり具合も申し分ない。こいつは最高級の娼婦になるぞ」

乳房を両手で揉まれて、剛根を力強く抜き差しされる。屈辱的な言葉を浴びせられるが、どういうわけかそれすら快感を高めるスパイスとなってしまう。

「あッ、いやっ……ああッ、いやっ」

「たまらないんだろう？　こんなに感じるのは初めてなんだろう？　これがマッハエクスタシーの効果だ。俺の言うとおりにするなら、毎日薬を打って、もっと気持ちのいい思いをさせてやるぞ」

乳首を指の股に挟みこみ、柔肉をこってりと揉みしだかれる。あまりの快感に頭の芯が痺れて、このまま流されてもいいとさえ思えてくる。しかし、特殊捜査官の矜持が揺らぐことはなかった。

「だ……誰が……おまえなんかに……」

「まだそんなことが言えるのか。まあいい、あとでじっくり調教するとして、とりあえず奴隷の証《あかし》を流しこんでやる」

腰を抱えこむと、ペニスを猛烈な勢いで突きあげてくる。長大な肉柱をズボズボと抜き差しされて、愛蜜が次から次へと溢れだした。

「ああッ……ああッ……は、激し……」

大きく張りだしたカリが、濡れそぼった膣壁を擦りまくる。子宮口をノックされるのも破滅的な快感だった。

「ぬううっ、締まってきた……締まってきたぞぉっ」

豊田が顔を真っ赤にしながらピストンスピードをアップする。涼子も喘ぎ声を振りまきながら、腰をはしたなくしゃくりあげた。

「ようし、出すぞ、これでおまえは俺の奴隷だ……おおッ、ぬおおおおおッ！」

「あああッ、い、いやっ、奴隷なんて……はあッ、い、い、いいっ、もうダメっ、こんなのって、あああッ、いやあぁぁぁぁぁぁぁッ！」

熱い迸りを注ぎこまれながら、腰を激しく跳ねあげる。根元まで埋まった男根を思いきり締めあげて、涼子も望まない絶頂へと昇り詰めていった。

4

「偉そうにしてたくせに、しっかりイッてるじゃない」

黙って眺めていた恵理が、薄笑いを浮かべながら声をかけてくる。相変わらず拳銃を握っており、人質である亜由美に銃口を向けていた。

屈辱のなかで絶頂を極めた直後の涼子は、ただハアハアと息を乱すだけでなにも言い返すことができなかった。

(このわたしが……)

裸電球の光に照らされた室内に視線を走らせる。

豊田は全裸のままタバコを吸っており、五人の男たちはニヤつきながら涼子のことを眺めていた。

素手で対峙すれば、ここにいる全員を一瞬で倒せる。それなのに、なにもできないのが悔しかった。

「先輩……わたしのせいで……うっぅぅっ」

呆然《ぼうぜん》としていた亜由美が、ふいに啜《すす》り泣きを漏らしはじめる。縄でくびりだされている乳房が、なおさら悲壮感を掻きたてていた。

「ふ、藤崎……あなたのせいじゃないわ」

なんとか声を絞りだす。亜由美に責任を感じさせたくなかった。

マッハエクスタシーを使われたら、正気を保っているのは難しい。それでも、亜由美は自分の素性以外は明かさなかった。極限状態に追いこまれながら、最後の砦《とりで》を守ったのだ。そんな彼女をどうして責めることができるだろう。上司として、亜由美を絶対に救い出さなければならない。

(わたしが必ず助けてあげる……だから、それまでがんばるのよ)

アイコンタクトで伝えると、亜由美は戸惑いながらも微かに頷いてくれた。

「さてと、そろそろ第二ラウンドといこうか」

一服を終えた豊田が歩み寄ってくる。

部屋の中央には、部下の男たちに運びこませたシルバーの大きなマットが置かれていた。塩ビ素材で、空気を入れてゴムボートのように膨らんでいる。風俗店を摘発したときに見かけたことがある、俗にソープマットと呼ばれている代物だ。

「さっそく実戦トレーニングだ。男を悦ばせるテクニックを教えてやろう」

「誰が、そんなこと――」

涼子が拒絶しようとすると、すかさず豊田が声を被せてきた。

「言わなくてもわかってると思うが、おまえが反抗的な態度を取れば、亜由美の頭に風穴が開くぞ」

脅し文句を囁かれて、途端になにも言えなくなってしまう。

恵理の銃は亜由美に狙いを定めて、五人の男たちの銃は涼子に向けられている。抗えない状況で縄を解かれ、床の上にへたりこんだ。

「ううっ……」

身体に力が入らない。絶頂の余韻がまだ残っているうえ、マッハエクスタシーの効果が持続している。膝が震えており、銃を向けられるまでもなく反撃できなかった。

「腰砕けじゃないか。特殊捜査官が聞いて呆れるな」

豊田は鼻で笑いながら、ドレスとパンティを奪っていく。そして、一糸纏《まと》わぬ姿にすると、用意していた手錠で後ろ手に拘束した。

（とにかく、隙を見せるまで待つしかない）

体力が回復する前に、またしても両手の自由を奪われてしまった。

これまで摘発されなかっただけあって、敵はかなり慎重だ。こちらも軽率には動けない。無闇に抵抗したところで、脱出できる可能性は極めて低かった。しばらく従順な振りをして、油断させるしかないだろう。

「藤崎には手を出さないで」

「それはおまえしだいだ」

豊田は涼子を立ちあがらせると、ソープマットの端に座らせた。そして、プラスティック製の桶にあらかじめ用意してあったローションを、首筋からたっぷりと浴びせかけてくる。

「やっ、な、なに？」

透明でとろみのある液体が、女体をヌラーッと濡らしていく。首筋から胸もと、下腹部から股間へと大量に流れこんできた。

「ソーププレイを学んでもらうぞ。身体を使って男に奉仕するんだ」

「はうっ……さ、触るな」

首筋に手のひらが触れて反射的に身をよじる。すると顎をぐっと摑まれ、上から見おろされた。

「可愛い後輩がぶっ殺されてもいいのか？」

「くぅっ……」

悔しさに奥歯を食い縛って視線を逸らす。今の涼子にできることはなにもない。命令に従って、相手の警戒心を解かせるしかなかった。

再び男の手が触れてくる。ローションを馴染ませるように、乳房をヌルヌルと撫でまわし、乳首をやさしく擦りあげてきた。

「あっ……ンンっ」

媚薬の効果が持続しており、全身の感度はアップしたままだ。身体中を撫でまわされるたびに湧き起こる快感の小波が、涼子の心を惑わした。

（ど、どうして、わたしの身体……）

マットの片隅に横座りして、ただ肩をすくめている。背後で手錠をかけられた両手を強く握り、膨張しそうになる愉悦を懸命に抑えこんでいた。

背中にも腕にも脚にも、男の手のひらが這いまわり、ローションをねっとりと塗り伸ばしていく。裸電球の弱々しい光に照らされて、透明な粘液にまみれたグラマラスなボディが妖しげに輝きだした。

「気持ちいいだろう。男に奉仕すればおまえも気持ちよくなれるぞ」

豊田はマットの上で仰向けになり、涼子を脚の間に正座させる。そして、裸体を無理やり抱き寄せた。

「あっ……」

後ろ手に拘束されているため踏ん張りが利かず、男の贅肉で弛《ゆる》んだ体の上に倒れこむ。ローションでコーティングされた乳房が、胸板でひしゃげてヌルリと滑った。

「い、いや……」

ニヤけた顔が目の前に迫り、慌てて横を向いてつぶやいた。しかし、背中をがっしりと抱かれているため、身体を逃がすことはできない。乳房はもちろん下腹部には勃起したペニスの裏側がぴったりと密着していた。

「硬いのが当たってるだろう。さっきはこいつでイカされたんだぞ」

耳孔に息を吹きこみながら囁かれて、おぞましさに背筋がゾゾッと寒くなる。それでも、亜由美のことを思いだし、悔しさをこらえて瞳を閉じた。

「ふふっ、だいぶ素直になってきたな。身体を前後に動かしてみろ。ローションでヌルヌル擦るんだ」

瞬間的に怒りがこみあげるが、ぐっと呑みこんだ。

壁際を見やると、相変わらず恵理の拳銃が亜由美の頭に向けられていた。

屈辱的な命令だが、逆らうわけにはいかない。涼子は顔を背けたまま、ゆっくりと身体を動かした。

「ンっ……」

贅肉でだぶつく胸板に、乳房を擦りつける格好になる。たっぷりのローションが潤滑油となり、動きは思いのほかスムーズだ。身体を前後させるたび、ペニスが下腹部で擦れるのが気色悪かった。

「おおっ、いいぞ、その調子だ」

男の呻き声が、嫌悪感に拍車をかける。それでも、人質に取られた亜由美を助けるため、気持ちを押し殺して身体を動かしつづけた。

「ンンっ……うンンっ」

「美人女捜査官のソーププレイか。こいつは人気が出るぞ」

豊田がおおげさな声をあげると、周囲で見ている恵理と五人の男たちが含み笑いを漏らす。普段から目の敵にしている警察関係者を嬲ることで、溜飲をさげているのだろう。凌辱がエスカレートしそうな残虐な空気が、コンクリート剝きだしの監禁部屋に充満していた。

(耐えるのよ……今は耐えるしかないの)

心のなかで自分自身に言い聞かせる。どんなに屈辱的でも、生き延びてさえいれば必ず逆転のチャンスが訪れると信じていた。

「ほれ、もっとしっかり身体を擦りつけるんだ」

「くっ……ンうっ……はンンっ」

涼子は手錠をカチャカチャ鳴らしながら、ローションまみれの身体で奉仕する。どうしても乳首が擦れて、甘い刺激がひろがってしまう。嫌でたまらないのに乳輪ごと盛りあがり、ますます硬く尖り勃った。

「乳首がいいのか？　もっと声を出してもいいんだぞ」

「だ、誰が……ンンっ」

裸体をヌルヌルと滑らせながら、男の顔をにらみつける。いけないと思っても、ふとした瞬間に怒りが顔を覗かせた。

「フッ……強情だな」

豊田はなぜか嬉しそうにつぶやき、涼子の肩を両手で押しさげる。ちょうどペニスが胸の谷間に嵌りこみ、そのまま身体を揺さぶられた。

「おおっ、女捜査官はパイズリも得意らしいな」

「こ、こんなことまで……」

乳房での卑猥なマッサージを強要されて、屈辱と憤怒がこみあげてくる。

そのとき、亀頭の先端が顎にぶつかった。思わず眉根を寄せると、頭上から新たな命令を投げかけられた。

「今度は口で奉仕をしてもらおうか。ＶＩＰルームでは、毎日何本も咥えることになる。早く射精させて、一本でも多くしゃぶるんだ」

女を金稼ぎの道具としか思っていないのだろう。これだけ好き勝手なことを言われても、今は黙って従うしかない。涼子は血が滲むような屈辱を噛み締めて、顎の下で揺れている亀頭を見つめた。

（こ、これを……口で……）

間近で見るとさらに巨大でグロテスクだ。これを口に含むなど考えられない。それでも、やれと言われたら拒むことはできなかった。

「ンむぅっ……」

何度も躊躇《ちゅうちょ》しながら、ようやく先端に唇を押し当てた。途端に火傷しそうな熱気が押し寄せて、反射的に顔を背けそうになる。しかし、亜由美の顔を思い浮かべて、なんとか踏みとどまった。

「早く咥えろ。ひとりの客に時間をかけてどうするんだ」

豊田が低い声で命じてくる。涼子は恐るおそる唇を開き、亀頭の表面を滑らせるようにしながら口内に収めていった。

「はむううっ」

獣のような匂いが鼻に抜けて、いきなり嘔吐感がこみあげる。むせ返りそうになるのを懸命にこらえ、唇を太幹に密着させた。

「もっと奥まで呑みこんで顔を振るんだ。口がマ×コになった気分でやるんだぞ」

「ンっ……ンンっ……」

言われるままに首を上下させる。鉄のように硬い肉棒を、柔らかい唇でゆっくりと擦りあげた。

（ああ、ついにわたし……）

犯罪者のペニスを咥えこんでしまった。

汚辱感が胸の奥に湧きあがり、やがて敗北感へと変わっていく。しかし、悲しみに浸っている間もなく、亀頭の先端から生臭いカウパー汁が溢れだした。

「うむぅっ……」

吐きだしたい衝動に駆られるが、もちろん豊田が許すはずもない。後頭部を押さえこまれて、股間をグイッと突きあげられた。

「おごおおッ！」

亀頭が喉の奥に入りこみ、猛烈な吐き気に襲われる。鼻の奥がツンとなり、強く閉じた両目に涙が滲んだ。

「しっかり咥えてろ。いいか、客のチ×ポを一度咥えたら、射精させるまで絶対に離すんじゃないぞ。それがＶＩＰルームのサービスだ」

頭を両手で摑まれて、グイグイと上下に動かされる。ペニスが高速で出入りして、喉の奥を何度も連続して叩かれた。

「うぐッ……あむッ……むぐうッ」

「舌も使ってみろ。その程度のフェラチオじゃ、客はなかなかイカないぞ」

興奮が高まっているのか、延々と頭を揺さぶられる。長大なペニスを抜き差しされて、涼子は手錠をかけられた両手を強く握り締めた。

(く、苦しい……ううっ、悔しい……)

ほとんど息ができず、意識が朦朧としてくる。屈辱が胸を支配していくなか、それでも懸命に舌を伸ばしてペニスを舐めまわした。

「ようし、これくらいでいいだろう」

頭が持ちあげられて、ようやくペニスが引き抜かれる。途端に大量の空気を吸いこみ、戻しそうなほど激しく咳きこんだ。

「も……もう……これで満足でしょ」

唇の端から涎を垂らし、潤んだ瞳で男の顔をにらみつける。フェラチオを強要されてもなお、怒りの炎は激しく燃えあがっていた。

「おいおい、これで終わりのはずがないだろう。ＶＩＰルームの最大の売りは、マッハエクスタシーをキメた美女との本番だぞ」

「そんな……それは、さっき……」

「まだわからないのか、今度はおまえがサービスするんだよ。おまえら娼婦は、客を悦ばせてなんぼだろうが」

男の腰をまたがされ、膝立ちの姿勢を強要される。股間の真下には、唾液にまみれたペニスがいきり勃っていた。

身体を起こしていると、嫌でも周囲の光景が目に入ってしまう。ローションにまみれて濡れ光る裸体に、周囲からも視線が集まってくるのが恥ずかしい。亜由美は己の無力さを恥じ入るように、大粒の涙をこぼしていた。

「ほら、自分で挿《い》れてみろ」

豊田はニヤニヤしながら見あげてくるだけで、それ以上はなにもしない。自分から男根を迎え入れるのは、ある意味犯されるよりも屈辱的だった。

(でも、やるしか……)

涼子は悲壮な覚悟で、ゆっくりと腰を落としていく。亀頭の先端が恥裂に触れた瞬間、甘い痺れがひろがった。亜由美の悲しげな視線を感じながら、そのままじわじわとペニスを受け入れた。

「はンンっ……こ、こんなこと……」

極太の肉柱が、膣道を擦りながら根元まで嵌りこむ。途端に蜜壺全体がグネグネと蠢《うごめ》き、逞しすぎるペニスを勝手に締めあげた。

「あっ……は、入ってくる」

「いいぞ、最後まで腰を落とすんだ」

「ああっ、い、いや……はううっ」

両手を拘束されているので、身体を支えることができない。股間がぴったりと密着して、ペニスの先端が子宮口を圧迫した。

「あああッ、当たってる」

媚薬が効いているせいで、挿れただけなのに昇り詰めそうな快感が突き抜ける。下腹部が妖しく波打ち、ローションにまみれた互いの陰毛が擦れ合った。

「腰を振ってみろ。客がイクまで振りつづけるんだ」

「そ、そんな……ああっ」

心では抗いながらも、身体はすでに流されつつある。股間を埋め尽くす圧倒的な存在感に、涼子の官能はどうしようもないほど震えていた。

(め、命令だから……)

胸底でつぶやくと、腰をゆっくり振りはじめる。膝をマットにつけた状態で、前後に揺らすように動かした。

「あっ……あっ……」

巨大なカリが膣壁にめりこみ、たまらず内腿で男の腰を締めつける。女壺の奥から愛蜜が溢れて、結合部からクチュクチュと湿った音が響きはじめた。

「ずいぶん濡らしてるな。俺のチ×ポがそんなに気に入ったのか？」

「あンンっ、こんなのいやなのに……」

「俺から視線を逸らすんじゃない。客の顔を見たまま腰を振るんだ」

豊田はいっさい動くことなく、仰向けになったまま命じてくる。偉そうな態度に怒りが湧くが、この男のペニスで感じていることは事実だった。

(薬のせいだわ……そうに決まってる)

心のなかで繰り返し、腰の振り方を少しずつ大きくする。後ろ手に手錠をかけられた状態でなんとかバランスを取り、男根をヌプヌプと出し入れした。

「ああぁっ、ダ、ダメ……ダメっ……も、もうっ」

子宮口に亀頭を押し当てたままクリトリスを擦りつける。すると、一気にアクメの大波が迫ってきた。こらえきれず昇り詰めそうになったとき、いきなり腰を摑まれてペニスを引き抜かれてしまった。

「はンン……そ、そんな……」

思いがけず不満げな声が溢れだす。慌てて下唇を嚙み締めるが、男の顔には勝ち誇ったような笑みが浮かんでいた。

「自分だけイクんじゃない。客をイカせないでどうする」

腰は持ちあげられた状態で、濡れそぼった陰唇に亀頭が触れている。早く挿れたくて花びらが小刻みに震えていた。

「ああっ……いや……」

「欲しいのか？　お願いすればぶちこんでやるぞ」

「だ、誰が……そんなこと……」

「オマ×コは物欲しそうにヒクついてるじゃないか。ほら」

支えた腰を前後に振られることで、亀頭の先端で陰唇を擦られる。

「い、いや……はンンっ、やめてぇっ」

昂ぶった身体を焦らされるのは拷問のようだった。愛蜜がどんどん溢れて、ついにはポタポタと滴り落ちる。言葉でどんなに強がったところで、熟れた女体は逞しい男根で貫かれることを望んでいた。

「おねだりできないなら、オマ×コはお預けだ。その代わり、こっちの穴にぶちこんでやろう」

「ひっ……そ、そこは……」

身体がビクッと震えて、裏返った声が溢れだす。

亀頭が膣口からずれたと思ったら、肛門に押し当てられた。愛蜜とカウパー汁を塗りこむように、ねちっこく腰をまわされてしまう。

「あうっ、い、いやっ、そんなところ」

「ほう、どうやらアナルは初めてらしいな。だったら、なおのこと楽しみだ」

豊田は凄絶な笑みを浮かべると、女体をゆっくりと降下させる。亀頭がアナルに密着して、ググッと押し開きはじめた。

「あううッ、ま、待って……はンンっ、お尻はいやっ」

排泄器官を犯されるなど考えられない。亜由美がアナルレイプされた話を聞いたときも、じつは恐ろしくてならなかった。

「そんなに怖がることはない。マッハエクスタシーが効いてるんだ。あっという間に天国に行けるぞ」

なにを言っても許してもらえるはずがない。脚に力をこめて拒絶するが、腰を引き寄せるようにして亀頭をねじこまれた。

「あひいいッ！」

アナルが強引に突破されて、極太の肉柱がズブズブと逆流してくる。全身の毛が逆立つような、激烈な汚辱感が突き抜けていく。

「ひいッ、やめてっ、裂けちゃうっ、ひああッ」

「おおおッ、生意気な女捜査官のアナルヴァージンを奪ってやったぞ」

豊田が雄叫びをあげると、周囲の男たちが「おおっ」と低い声をあげる。恵理も楽しそうな笑い声を響かせて、亜由美は「いや」と目を閉じて顔を背けた。

「ぬ、抜いて……ううぅッ」

なにしろ強烈な圧迫感で、全身が粉々になってしまいそうな衝撃だ。太幹を咥えこんだ肛門は、今にも破れそうなほどひろがっていた。

それなのに、痛みよりも快感のほうを強く感じている。どうしようもない疼きが湧きあがり、膣口から愛蜜が溢れてしまう。アナルがムズムズして、腰を動かさずにはいられなかった。

「あッ……ああッ……壊れそうなのに……」

「いいぞ、もっと大きく動かしてみろ。アナルもいいもんだろう」

「ダ、ダメっ、こんなのダメよ……ああッ」

排泄器官にペニスを咥えこんで腰を振っている。太幹でアナルを擦られるたび、鮮烈な快感がひろがり、頭のなかで眩《まばゆ》い火花が飛び散った。

「くうっ、締まる締まるっ、こいつはいいぞ」

豊田も限界が近いらしく、顔をしかめて呻きだす。心なしかペニスがひとまわり大きくなり、小刻みに震えはじめていた。

「あッ……あッ……も、もう……あああッ」

乳房を揺すりながら、腰を大きくしゃくりあげる。アナルは火のように熱くなり、快感の炎はますます激しく燃え盛っていく。男根をピストンさせるたび、遠くに見えていた絶頂が急激に近づいてきた。

「あッ、あッ、やっ、いやっ……」

「イキそうなんだな。ようし、俺が出すと同時にイッてみろ」

「そ、そんな、お尻でなんて……はああッ」

もう意志とは無関係に腰が勝手に動いている。いけないと思っても、身体はあさましく反応してしまう。犯罪者のペニスだということも、亜由美が見ていることもわかっている。それなのに、アナルは嬉しそうに男根を食い締めていた。

「おおおッ、出すぞっ……おおッ、くおおおおおッ！」

「はううッ、あ、熱いっ、あああッ、いやっ、そんな、い、いいっ、ああッ、イッちゃうっ、お尻でイッちゃうっ、あああああッ、イクイクううッ！」

沸騰したザーメンを大量に注ぎこまれて、涼子も一気にアクメへと駆けあがる。後ろ手に拘束された身体を仰け反らし、下腹部をビクビクと痙攣させた。

これほど激しい絶頂は初めてだった。

アナルで男根を締めつけて、唇の端から涎を垂れ流す。どす黒い絶頂感に浸り、頭のなかを真っ白にしながら男の胸に倒れこんだ。

第五章　限界なき快楽地獄

1

囚われの身となってから一週間が過ぎていた。

会員制高級地下クラブ『プラチナレディーズ』は閉店して、新たな場所でより過激なサービスを売りとする『プラチナスレイブ』がオープンした。

なにしろ、女捜査官が二人も消息を絶っているのだ。捜査の手を逃れるため、豊田は固定客のついていた店をあっさり閉めた。とはいっても、すぐに元は取れるという腹積もりがあるようだった。

(もう、ここから出られないのかも……)

涼子はコンクリートの冷たい床に横たわり、心のなかでつぶやいた。

ここはプラチナスレイブの地下に作られた監禁部屋だ。部屋の隅に和式便所があるだけで、他にはなにもない。ただ女を閉じこめておくための場所だった。

着る物は与えられず、全裸を強要されている。監禁中は背後で手錠をかけられたままで、食事やトイレのときですら外してもらえなかった。

亜由美はＶＩＰルームの地下にある監禁部屋にいるらしいが、一度も会わせてもらえない。かなり調教が進み、売りに出せばすぐに買い手がつくと言われている。

豊田から、逆らえば亜由美を外国に売り飛ばすと脅されており、どんな理不尽な命令にも従わざるを得ない状況だ。性奴隷として海外へ売られたら、もう彼女を救い出すのは困難だろう。

睡眠時間はほんのわずかで、食事も必要最小限の量しか与えられていない。そんな追いこまれた状態で連日激しい調教を受けており、夜は夜でプラチナスレイブのホステスをやらされていた。

一晩中酔客の相手をした後、この監禁部屋で豊田と恵理に責められている。

膣やアナルを犯されるのはもちろん、男への奉仕も念入りに仕込まれた。恵理にはバイブを使われたり、レズプレイを強要されたりもする。責める二人は交代で睡眠を取るが、涼子は休憩なしで嬲《なぶ》られつづけた。しかも、薬を使われているので、意志とは裏腹に何度でも昇り詰めてしまう。

この一週間でかなり体力を奪われて、思考能力も鈍っていた。

おそらく、反撃する気力を削いで、従順な性奴隷に仕立てあげるのが狙いなのだろう。毎日マッハエクスタシーを打たれており、なかば中毒になりかけていた。今も恵理に注射を打たれた直後だった。

「ほら、いつまで寝てるつもりだい。店に出る時間だよ」

蓮っ葉な声とともにハイヒールのつま先で脇腹を小突かれた。

監禁生活がはじまってから、恵理の態度はますます横柄《おうへい》になっている。少しでも口答えすれば、激しく平手打ちされることもあった。

涼子は鉛が入ったように重たい身体をのろのろと起こして、いつものように背中を向けた。店に出るときだけは手錠を外される。しかし、なぜか恵理は真後ろにしゃがみこんで、ヒップをぴしゃりと叩いてきた。

「あうっ……」

「脚を開いて、お尻を突きだしな」

もはや性奴隷としか思っていないのだろう。こんな扱いをされても文句ひとつ言えず、おずおずとヒップを突きだした。

「今夜からこれを挿《い》れて仕事してもらうよ」

恵理の手には黒々としたバイブが握られている。有無を言わせず膣口に押し当てると、ズブズブと押しこんできた。

「あああっ、い、いや……」

おぞましい道具を挿入されたというのに、蜜壺は嬉しそうに締まってしまう。身体はこういった仕打ちにすっかり慣らされていた。

「簡単に咥えこんでおいて、今さらカマトトぶるんじゃないよ。お漏らししたみたいに濡れてるじゃない」

それはマッハエクスタシーの影響だが、言ったところでどうにもならない。バイブを深々と埋めこまれて、その上から黒いシルクのパンティを穿かされた。

「客にばれたらお仕置きだからね」

「そんな……」

「亜由美を売り飛ばされたくなかったら、ちゃんと言うとおりにするんだよ。日本人の女は海外で人気だから、亜由美みたいに可愛い女は高く売れるんだ。巨根で犯されまくって、案外幸せになれるかもしれないよ」

恵理の悪魔のような高笑いが響き渡る。

金儲けのためなら、人を殺すことも厭わない連中だ。奴隷売買など、奴らにとってはごく日常的なことだった。

（なにもできないなんて……）

亜由美を人質に取られている以上、ただ従うしかない。涼子は屈辱を噛み締めながら、渡されたメタリックパープルのドレスを身に着けていった。

プラチナスレイブの通常ルーム——。

フロアはピンク色の光でぼんやり照らされており、酒の匂いとタバコの紫煙が立ち籠《こ》めていた。

「一番テーブルでご指名だよ。さっさと行きな」

恵理にヒップを叩かれて、涼子はよろよろと歩きだす。自ら死刑台に向かうような心境だった。

「あぅぅっ……」

脚を動かすたび、膣に埋めこまれたバイブが擦れて甘い痺れが湧き起こる。

こんな状態で客の相手をするなんて考えられない。ドレスは身体にぴったりフィットするデザインで、肩紐がなく乳房は上半分が剝きだしになっている。裾も極端に短く、歩くとパンティがチラチラと見えていた。

卑猥な客のなかには、股間に手を入れてくる者もいる。今そんなことをされたら、バイブの存在を知られてしまう。

(ああっ、どうしたらいいの？)

一週間に及ぶ監禁生活で、心が弱っているのかもしれない。慌てて気持ちを引き締めようとするが、不安を拭《ぬぐ》うことはできなかった。

「ルナです。本日はご指名ありがとうございます」

うつむいたまま指定された一番テーブルの脇に立ち、深々と頭をさげる。逃げも隠れもできないのだから、なんとか客をあしらうしかない。

「やあ、ルナちゃん」

客が声をかけてくる。粘りつくような口調に聞き覚えがあった。

恐るおそる顔をあげると、頭頂部が薄くなった男がソファに身を沈めていた。紺色のスーツがはち切れそうな肥満体で、汗の匂いが強烈に漂っている。

「あ、荒井……さま」

涼子は思わず頬を引きつらせながらつぶやいた。

プラチナレディーズに潜入したとき、初めてついた客だった。ラーメンチェーンの経営者で、成りあがりの小金持ちだ。身体中をベタベタ触られて、口移しで強引に水割りを飲まされた。

思いだしただけでも吐き気がこみあげてくる。

さらにオプションサービスでパンティを奪われ、挙げ句の果てにフェラチオを要求された。さすがに怒りを滲ませてきっぱり拒絶したが、荒井は店内だというのに本気でペニスをしゃぶらせるつもりだった。

「久しぶりだね。元気だった？」

「お、お久しぶりです……お会いできて嬉しいです」

なんとか取り繕って言葉を絞りだす。しかし、心のなかは激しく乱れていた。

（どうして、この男が……）

思わずフロアの入口を見やる。すると、恵理が不敵な笑みを浮かべていた。

もしかしたら、涼子を責めるためにわざわざ招いたのではないか。身体だけでは飽きたらず、心まで追いこむために仕組んだとしてもおかしくない。なにしろ、本気で涼子を性奴隷へと調教するつもりなのだから……。

「突っ立ってないで、早く座りなよ」

荒井がなれなれしく声をかけてくる。いやらしい笑みを浮かべて、ソファの隣をポンポンと軽く叩いた。

「し、失礼します……」

涼子は嫌な予感を覚えながらも、男の隣に腰をおろすしかなかった。

ドレスが短すぎるので、座ると裾がずりあがってしまう。パンティを隠したいのはもちろんだが、それ以上にバイブの存在が気になって仕方がない。両手で裾を引きさげると、荒井がさっそく好色そうな目を向けてきた。

「ずいぶん色っぽい格好してるんだね」

「これは……あっ」

いきなり、剝きだしの肩に手をまわされ、太腿にも手のひらを重ねられる。汗ばんだ感触が気色悪くて、思わず肩をすくめて身を硬くした。

「もしかして、俺を喜ばせるために、こんな格好してるのかな？」

「そ、そういうわけでは……」

そもそも荒井が来店することなど知らなかった。肩と太腿を撫でまわされて、全身に鳥肌がひろがっていく。股間に埋めこまれているバイブが気になり、内腿を強く閉じ合わせた。

(うぅっ……なんとか耐えないと)

膣壁にバイブが食いこんで、腰が微かに震えてしまう。

懸命に反応を抑えこむが、媚薬の効果で感度が高まっている。肌に軽く触れられているだけでも、妖しい感覚がぞわぞわと湧き起こった。やっとのことでウイスキーの水割りを作って、男の前に差しだした。

「また会えるなんて感激だよ。ルナちゃんとキスしたことを思いだすだけで、チ×ポがビンビンになっちゃうんだ」

荒井はいきなり涼子の手を取ると、自分の股間へと導いていく。スラックスの前が大きく膨らんでおり。布地が破れそうなほど張り詰めていた。

「ほら、硬くなってるだろう？」

「こ、困ります……」

手を引こうとするが、上から手の甲を強く押さえつけられる。指まで曲げられて、強引に股間の膨らみを摑まされた。布地越しに灼《や》けるような熱気が伝わり、涼子の体温まで急上昇するのがわかった。

「おしゃぶりしてもらえなかったのが心残りで、毎晩ルナちゃんのこと思いだしながらしごいてるんだ。今日こそは頼むよ」

荒井は息を荒らげながら迫ってくる。ひとりで興奮して、額に玉の汗を浮かべているのが気持ち悪かった。

「ここはそういうことをするお店では……」

肩をしっかり抱かれて、股間に手を引き寄せられている。恵理が目を光らせているので、客に失礼な態度を取るわけにもいかない。突き放したいのをこらえて、弱々しく身をよじった。

「結構きわどいことまでしてくれるって聞いたから来たんだ。先っぽだけでいいから舐めてくれよ」

「そんなこと言われても……あぁんっ」

やんわり拒もうとしたとき、思いがけず艶めかしい喘ぎ声が漏れてしまう。膣に埋めこまれているバイブが突然動きはじめたのだ。

（な、なに……これ？）

下腹部の奥でブブブッと微かな音をたてて、小刻みに振動している。濡れそぼった膣壁を揺さぶり、痺れるような快感を生み出していた。

「どうかした？　ヘンな声が出てたけど」

荒井が興味深そうに顔を覗きこんでくる。普段から卑猥なことしか考えていない男だ。早くもなにかを感じ取ったのかもしれない。

「な、なんでもないです……ンンっ」

とっさに誤魔化そうとするが、バイブが振動している状態ではどうしても声が震えてしまう。しかも、内腿を強く閉じることで、なおのことバイブを締めつける結果となり、望まない快感が倍増していた。

「ンくぅっ」

さらにバイブの振動が強くなり、危うく声が漏れそうになる。ブウンッという音も大きくなって、膣の奥から愛蜜が溢れだしてきた。

（あぁっ、どうして動くの？　こ、こんなのって……）

唇を強く閉じてこらえるが、これでは接客することなどできない。実際、荒井も不思議そうに見つめてきた。

「なんだか色っぽい顔になってきたね。もしかして、俺のチ×ポを触って興奮したのかな？」

「ンっ……ンンっ」

この状況で唇を開けば、いやらしい声が漏れてしまう。焦っていると、唐突にバイブの振動がぴたっと停止した。

「どうせなら、生で触らせてあげようか」

すっかり勘違いしている荒井は、鼻息を荒らげながらスラックスのベルトを外しかける。涼子は慌てて男の手を押さえてやめさせた。

「い、いえ……け、結構です」

「遠慮しなくていいよ」

「そ、そういうことではなくて……本当に結構ですから」

すっかり困り果てて、懇願するような口調になってしまう。すると、マネージャーの恵理がすっと歩み寄ってきた。

「リモコンバイブが気に入ったみたいね」

アイスペールを交換しながら、耳もとで囁きかけてくる。

「……え？」

思わず見つめ返すと、彼女は唇の端をニヤリと吊りあげた。

どうやら、バイブはリモコンで操作されているらしい。子供がオモチャで遊ぶように、恵理が離れた場所からスイッチのオンオフをしていたのだ。

「客にばれたらお仕置きだからね」

恵理は意地悪く告げると、その場からすっと離れていった。

(そんな、動かされたら無理よ……)

きっとリモコンで弄《もてあそ》ばれるに違いない。先ほどのような振動を繰り返されたら、きっとすぐに我慢できなくなってしまう。

助けを求めるように視線を送るが、恵理は聞く耳を持たないばかりかさっそくバイブのスイッチをオンにした。

「はンンっ……」

思わず身体がビクッと反応して、小さな声が漏れてしまう。

またしてもバイブが振動しており、しかも亀頭部分が大きく首を振るように動いている。膣壁が激しく擦られて、鮮烈すぎる刺激が次から次へと湧き起こった。

(い、いやっ、ああっ、激しすぎるっ)

とてもではないがじっとしていられない。蜜壺を掻きまわされる刺激は快感となって、全身へと伝播していく。ブウウウッという低いモーター音に、微かに湿った音も混じっていた。

耳を澄まさなければ聞こえない小さな音だが、これほどの恥辱はなかった。特殊捜査官でありながら犯人の策略に嵌められ、強制的に快楽を送りこまれているのだ。亜由美がいなければ、自ら死を選びたいほどプライドを傷つけられていた。

「やっ……ンぅっ」

しかし、心ではどんなに恥じらい、悔しがったところで、身体が感じていることは紛れもない事実だ。バイブを膣の奥まで咥えこみ、大量の華蜜を溢れさせている。たまらず内腿を強く閉じて、腰をくねくねとよじらせた。

「おや、ルナちゃん、どうしたのかな？」

荒井が太腿に手を乗せてくる。感度が高まっているので、そっと触れられただけでも背筋がゾクゾクした。

「や、やめてください……ンンっ」

「感じてるんだね。俺の手で感じてるんだね」

調子に乗って太腿を撫でまわされる。膝からドレスの裾のきわどい部分までを、男の手がスローペースで何度も往復した。

「あっ……ンンっ……い、今は触らないで……」

少しでも気を抜くと、よがり泣きを迸らせてしまいそうだ。本来なら気持ち悪いだけなのに、マッハエクスタシーとバイブの相乗効果で全身が敏感になっている。ずっと腰がヒクついており、今にも昇り詰めそうになっていた。

「なんかさっきからヘンな音が聞こえるんだよな」

ふいに荒井がつぶやき、疑惑の眼差《まなざ》しを向けてくる。そして、太腿に乗せていた手を、いきなりドレスのなかに滑りこませてきた。

「ああっ！　や、やめてください」

裾が大きく捲れあがり、黒いパンティに包まれた股間が剝きだしになる。慌てて両手で裾を押さえるが、荒井はますます訝るような目で見つめてきた。

「まさかとは思うけど、オモチャとか挿れてないよね？」

「な、なにをおっしゃっているのか……」

頰を引きつらせながら必死に誤魔化そうとする。ところが、涼子の努力をあざ笑うかのように、バイブの動きがさらに激しさを増した。

「あンンっ……い、いやっ」

腰がビクッと跳ねあがり、その隙を突くようにドレスの裾を捲られる。さらに、両手で内腿を大きく割り開かれた。

「ああっ、み、見ないでください」

羞恥の目眩に襲われる。ついに、突き出たバイブの柄で、不自然に盛りあがっているパンティの船底を見られてしまった。

「これはいったいなにかなぁ？」

荒井が目を大きく見開き、パンティの股間を凝視してくる。そして、さっそくウエストゴムに手をかけて引きおろしはじめた。

「仕事中になにをしていたのか確かめてやる」

「いやっ、やめてっ」

反射的に男の手首を掴んで抵抗する。すると、すぐに恵理が歩み寄ってきた。

「ルナ、お客さまに逆らうんじゃないよ」

にらみつけられると、それだけで抗えなくなってしまう。言うとおりにしなければ亜由美の身が危なかった。

他のテーブルの客やホステスたちも、何事かと視線を向けてくる。大勢の人たちに見られながら、男の手によってパンティを剝きおろされた。

「やっぱりバイブを挿れてたんだね。ルナちゃんがこんなにエッチだったなんて、ちょっとショックだな」

荒井はそんなことを言いながら好色そうに笑い、涼子の脚を無理やり開かせる。蜜壺に黒いバイブが深々と刺さり、ブインブインッと派手な音を響かせていた。

「あンンっ、ダ、ダメっ、もう許して」

両手で股間を覆い隠すが、その格好が余計に惨めで情けない。周囲で見ている者たちの間からも、蔑《さげす》むような含み笑いが聞こえてくるのがつらかった。

(わたし……こんな姿を……)

激烈な羞恥がこみあげて、胸の奥にひろがっていく。睡眠不足と麻薬入りの媚薬の効果、それにバイブから送りこまれる快感のせいで頭が朦朧としており、もうどうすればいいのかわからなかった。

「仕事中にバイブなんか挿れて、なんて恥知らずなんだい。ちゃんと荒井さまに謝罪するんだよ」

「それならフェラチオしてもらおうかな」

荒井は図々しく告げると、下卑た笑い声を響かせた。以前、フェラチオを拒絶されたことを根に持っているに違いなかった。

「ほら、ルナ、聞いてただろう。しっかりおしゃぶりするんだよ」

恵理に肩を押されて、荒井の股間に倒れこむ。すると、すでにスラックスの前合わせから、勃起したペニスが剝きだしになっていた。

「い、いやっ……」

強烈な悪臭が鼻を突き、反射的に起きあがろうとする。そのとき、恵理が耳もとで囁きかけてきた。

「ちゃんとできたら、亜由美に会わせてやってもいいよ」

「……え？」

「その代わり、教えられた通りにやるんだよ」

この女の言うことなど信用できない。それでも、一縷《いちる》の望みに縋《すが》るしかなかった。

涼子はおずおずとペニスの根元に指を絡めると、震える舌先を伸ばして裏筋をペロリと舐めあげた。

「おおうっ、き、気持ちいいっ」

荒井が低い声を漏らして、腰を小さく跳ねあげる。先端から透明な汁が溢れだし、牡の匂いが濃厚に漂いはじめた。

吐き気がこみあげてくるが、途中でやめるわけにはいかず、裏側の縫い目を何度も丁寧に舐めまわす。こうしている間もバイブは振動をつづけており、強制的に快感を送りこんでいた。

「そ、そろそろ咥えてくれよ」

我慢できなくなってきたのか、荒井が息を乱しながら声をかけてくる。涼子はいったん瞳を閉じると、思いきって亀頭に唇を被せていった。

「あむううっ」

「くおっ……ついにやったぞ、ルナちゃんにしゃぶってもらってるんだ！」

興奮した荒井の声とともに、周囲からどよめきが聞こえてくる。男性客は羨ましそうだが、ホステスたちは冷たい視線で見おろしていた。

VIPルームならともかく、通常ルームのホステスはここまでしない。涼子だけがいつも過激なサービスを行っていた。もちろん強要されてのことだが、他のホステスたちは涼子が自ら進んでやっていると思っているのだ。

(こんなこといやなのに……気持ち悪いだけなのに……)

それでも、早く終わらせたい一心で首を振る。豊田に仕込まれたとおり、唇でキュウッと締めつけながら、舌先で尿道口をくすぐった。

「ううっ、す、すごい……ルナちゃんのことも気持ちよくしてあげるよ」

荒井は快楽の呻きを漏らしながら、涼子の股間に手を伸ばしてくる。バイブの柄を摑むと、ゆっくりと抜き差しを開始した。

「あンンっ……あふっ……ンふううっ」

途端に鮮烈な快感が突き抜けて、愛蜜が大量に溢れだしてしまう。振動だけでも理性が蕩けそうだったのに、ピストンされたことで一気に頭のなかが真っ白になる。反射的に唇の締めつけが強くなり、ペニスを思いきり吸引していた。

(ああっ、そんなに動かされたら……)

フェラチオしながらバイブで膣を犯される。しかも、その姿を酔客やホステスに見られているのだ。異常なシチュエーションが、瞬く間にどす黒い快感を膨れあがらせていく。

「気持ちよすぎて……くううっ」

荒井も切羽詰まっているのか、大量のカウパー汁を噴きこぼしている。ジュルジュルと啜りあげると、腰を震わせながらバイブのピストンを速めてきた。

「あむううッ」

「ルナちゃんもいいんだね。ようし、俺といっしょにイクんだ」

男の声に合わせて、リズミカルに首を振りたくる。いつしか、フェラチオとバイブの抜き差しのスピードが一致して、二人同時に昂ぶりはじめていた。

(こんなのって……あああっ、もうおかしくなりそうっ)

勝手に腰がくねってしまう。大勢の人たちに見られているのはわかっている。いや、むしろ見られているからこそ快感が大きくなるのかもしれない。性奴隷として調教を受けてきたため、辱《はずかし》められるほど感じる体質になっていた。

「おおおッ、出すよ、ルナちゃんもいっしょに……うおおおおおッ！」

「うむうううううッ！」

喉の奥に粘つくザーメンを浴びながら、涼子もバイブを思いきり締めつける。腰をビクビクと震わせて、快楽の大波に呑みこまれた。

(あああッ、もうダメっ、イクっ、イッちゃうううッ！)

ペニスを咥えていなければ、あられもない声で泣き叫んでいたに違いない。嘲笑を浴びせかけられながらも、次々と注ぎこまれてくる牡汁を嚥下《えんげ》していく。食道から胃にかけてが熱くなり、さらなる高みへと昇り詰めていった。

2

涼子は恵理の手によって、プラチナスレイブの通常ルームから連れだされた。とはいっても、これで悪夢が終わったわけではなかった。

性奴隷の涼子に、休憩時間は与えられない。薄暗い廊下を歩かされて、VIP専用ルームに連れていかれた。周囲には銃を手にした屈強なボーイが大勢いる。亜由美を人質にしているにもかかわらず、やはり警戒は厳重だった。

フロアはどぎついピンクの照明で彩られている。

作りは通常ルームとさほど変わらないが、ホステスは全員裸だった。VIPルームで働かされている女たちは、マッハエクスタシーで快楽漬けにされて理性が崩壊している。過酷な調教を受けており、すでに性奴隷に堕とされているのだ。

「素っ裸になりな」

ステージの袖で恵理がドレスを脱ぐように命じてくる。

卑猥なショーをさせられるのは目に見えているが逆らえるはずもない。渋々全裸になると、首に黒革製の首輪を嵌められてしまった。さらに、家畜のように四つん這いにさせられると、チェーンのリードを引かれてステージに連れだされた。

「ほら、グズグズするんじゃないよ」

ヒップをぴしゃりと叩かれながら、ステージ中央まで歩かされる。這いつくばって進むたび、豊満な乳房がタプタプ揺れるのが恥ずかしい。しかも客席の照明が落とされて、涼子にだけショッキングピンクのスポットライトが当てられた。

「おおっ……」

客席でどよめきが起こる。フロアにいる男たちの目が、涼子の熟れた裸体に向けられていた。

(今日はなにをやらされるの……)

絶望感が胸の奥にひろがっていく。昨日は客が見ている前でストリップをさせられたが、今日はすでに服を脱がされている。心が弱ってきたのか、どんな卑猥なことを強要されるのか考えただけでも恐ろしかった。

恵理は首輪から伸びているリードを、ステージの床にあるフックにしっかりと繋ぎとめた。今夜に限ってやけに用心深いのが気になった。

ステージのすぐ手前には、グレーのスーツ姿の豊田がウイスキーグラスを片手に座っている。薄笑いを浮かべながら、自分の手で性奴隷に堕とした女捜査官の姿を眺めていた。

ジャケットの腋の下が不自然に膨らんでいるのは、拳銃を持っているからだ。いざというときは躊躇することなく撃つだろう。フロアのあちこちにも、銃を隠し持った男たちが待機していた。

「ただいまから、湾岸北署の女捜査官二人によるレズショーをご覧に入れます。みなさま、ごゆっくりお楽しみください」

恵理は客席に向かって信じられないことを言うと、驚いている涼子の耳もとに口を寄せてくる。

「約束だから亜由美に会わせてやる。その代わり後悔しても知らないよ」

「ど、どういうこと？」

思わず聞き返すが、恵理は意地の悪そうな笑みを浮かべるだけで答えない。その直後、ステージの袖でなにかが動いた。

「りょ、涼子先輩……」

懐かしい声が聞こえてハッとする。胸の高鳴りを覚えながら見やると、全裸で四つん這いになった亜由美がゆっくり近づいてくるところだった。

「ふ……藤崎……」

感極まって言葉にならない。涙腺《るいせん》が緩んで鼻の奥がツンとなる。

彼女を助けるためにがんばってきたが、本当に生きているのか不安になることもあった。ようやく無事を確認できて、こらえきれない涙が溢れだした。

亜由美も大粒の涙をポロポロこぼしながら這ってくる。張りのある大きな乳房を揺らし、プリッとしたヒップを左右に振っていた。

「わたしのせいで、先輩まで……うぅぅっ」

すっかり気弱になっている後輩捜査官の姿は衝撃的だった。

張りのある身体はそのままだが、表情に生気が感じられない。瞳の焦点が定まっていないのは、おそらくマッハエクスタシーの中毒症状だろう。涼子よりも長く投与されているため、影響が色濃く出ているようだった。

「ずっとつらい目に遭《あ》ってたのね……わたしのほうこそ、助けてあげられなくてごめんなさい」

目の前に迫ってきた亜由美と見つめ合う。恵理や観客たちの目がなければ、抱き合っていただろう。自分で思っていた以上に、心が追い詰められていたことに気づかされた。

「いつまで見つめ合ってるんだい。亜由美、さっさとはじめな」

恵理が言い放つと、亜由美は途端に怯えきった様子で肩をすくめる。苛烈な調教の末、すっかり主従関係ができあがっているようだった。

「先輩、ごめんなさい……わたし、逆らえないんです」

謝罪してくる声が弱々しい。彼女は四つん這いのまま、恵理がスーツのポケットから取りだしたバイブのような物体を受け取った。

「双頭ディルドウだよ。これでレズショーをやってもらうからね」

どうやらレズ行為に使う道具らしい。シリコン製でヌラヌラと黒光りしており、大小ふたつのディルドウがL字型に繋がっている。その小さい方のディルドウを、亜由美は自ら膣に埋めこんでいく。

「はンンっ……」

根元まで挿入したことで、大きい方のディルドウがまるで勃起したペニスのように股間から突きだす形になった。

「ちょっと、藤崎……なにを……」

呆気にとられて見ていると、恵理が楽しそうに笑いかけてきた。

「レズショーっていっても、涼子は演技する必要ないよ。この子にはわたしが仕込んであるから、たっぷり楽しませてもらいな」

「ま、まさか……」

「ふふっ……さあ、亜由美、大好きな先輩を犯すんだよ」

おぞましい命令がくだされる。涼子は首根っこを摑まれて、顔を観客席の方へと向けられた。

「くっ……離して」

「涼子先輩……」

背後から亜由美の声が聞こえてきたかと思うと、腰に両手がそっと添えられる。やさしい手つきで触れられて、媚薬で昂ぶっている身体がゾクゾクした。

「ダ、ダメよ、藤崎、しっかりしなさい」

首をねじって背後を見やるが、彼女は啜り泣きを漏らしながら、ディルドウの先端を淫裂に擦りつけてくる。その刺激だけで、早くも華蜜が滲みだした。

「あっ……ま、待ちなさい、わたしたち捜査官なのよ」

「こうしないと、お薬を打ってもらえないんです」

「薬なんかに負けたらダメっ、厳しい訓練を受けてきたでしょ、あなたなら勝てるはずよ」

なんとか理性に訴えかけようとする。しかし、亜由美は聞く耳を持たずに、ディルドウをずっぷりと沈みこませてきた。

「あううっ……い、いけないわ」

シリコン製の亀頭が蜜壺に埋まり、快感電流が突き抜ける。頭のなかで火花が飛び散って、背筋がビクンッと大きく仰け反った。

「あンっ、先輩、ごめんなさい」

亜由美が甘い声をあげて謝罪してくる。彼女のなかのディルドウも動いて、膣内を刺激しているのだろう。さらなる快感を得ようと、ヒップを抱きかかえて股間を押しつけてきた。

「はうっ、そ、そんなに奥まで……あああっ」

膣壁が摩擦されて、ディルドウの先端が子宮口に到達している。ショッキングピンクの光が降り注ぐステージで、ついに双頭ディルドウで繋がってしまった。涼子はたまらず腰をよじりながら、ステージの床に爪を立てた。

「いい格好じゃない。後輩に犯される気分はどう？」

恵理が小馬鹿にしたように声をかけてくる。観客席にもどよめきがひろがり、豊田や酔客たちが卑猥な視線を向けてきた。

(そんな……藤崎とこんなことになるなんて)

想像を絶する事態に、涼子の心は千々に乱れてしまう。まさか可愛がっていた後輩捜査官に犯されるとはショックだった。

「先輩のなか、すごくトロトロになってます」

亜由美が囁くようにつぶやき、腰をねちっこく振りはじめた。

ディルドウが抜け落ちる寸前まで後退して、再びじわじわと押しこまれる。男のような性急さがなく、まったりした動きが気怠い快感を生み出していた。

抜き差しされるたび、湿った音が響いてしまうのが恥ずかしい。スローな動きがかえって身体を燃えあがらせる。媚薬で高められた官能が揺さぶられて、無意識のうちに腰が動きだしてしまう。

「ああっ、やめて、藤崎……」

「でも、なかで嬉しそうにグニグニ動いてますよ……ああンっ」

ピストンスピードが少しずつ速くなる。そうすることで、亜由美の蜜壺にも快感がひろがっているらしい。甘えるような声を漏らしながら腰を使い、背中に覆い被さってきた。

「なんだか、わたし、いけない気分になってきました」

「あっ、ちょっとなにしてるの」

乳房に両手をまわしてきたと思ったら、重量感を確かめるようにタプタプと揺さぶられる。さらに、滑らかな曲線をほっそりとした指で撫でられて、柔肉をやさしく揉みしだかれた。

「素敵……先輩のおっぱい、すごく柔らかいです」

「はンっ、ダメだって言ってるでしょう」

後ろを振り返って窘《たしな》めるが、亜由美をねちねちと腰を振りたててくる。さらには乳首をそっと摘んで、繊細な手つきで転がしてきた。

「あンっ、い、いい加減にしなさい」

「そんなこと言って、先輩も腰振ってるじゃないですか」

指摘されて思わず赤面する。気づいたときには、ディルドウの突きこみに合わせて、ヒップを後方に突きあげていた。

「どうして、勝手に……あああっ」

「感じてくれてるんですね。ああンっ、わたしも気持ちよくなってきました」

亜由美は胸を揉みながら、抜き差しのスピードを速くする。二人の股間から湿った音が響いて、フロアの観客たちを興奮させていく。なかにはペニスを露出させてしごいている者もいる。なにやら異様な雰囲気が漂いはじめていた。

「いやっ……ああっ、いやよ」

絶望感がひろがるほどに、快感が大きくなってしまう。涼子は四つん這いの姿勢で首を左右に振りたくった。

「すごく締まってきました、先輩のアソコ、ああンっ、わたしも感じちゃう」

子猫のように喘ぎ、さらにディルドウをスライドさせる。亜由美は理性が壊れかけているのか、快楽を得ることだけを考えて動いていた。

「あっ……あっ……お、お願いだから、はンンっ」

涼子も強く拒絶することができず、喘ぐだけになってしまう。

感じてはいけないと自戒しつつも、自分を慕う可愛い後輩に犯されていると思うと複雑な気持ちになってくる。

「も、もうダメよ、わかって……」

「いやンっ、ここまで来て意地悪しないでください」

亜由美は駄々を捏ねるように言うと、力強く腰を叩きつけてきた。

「はううッ！」

ディルドウで子宮口を小突かれ、途端に頭のなかが真っ白になっていく。

いつしか腰を大きくくねらせて、本物の男根のようにディルドウを思いきり締めつけていた。すると、摩擦感が大きくなり、快感も爆発的に膨れあがった。

「ああぁッ、もうおかしくなりそう」

「せ、先輩っ……ああッ、いっしょに気持ちよくなってください」

亜由美も甘ったるい声で喘ぐと、全力で腰を振りはじめる。乳房を揉みくちゃにして、指先で乳首を転がしながら、うなじに吸いついてきた。

「あッ、ダメっ、もうダメっ、それ以上されたら……」

「イキそうなんですね、わたしも、もうすぐ……あッ……あッ」

二人して呼吸を合わせて腰を振りたくる。大勢の者たちに見られていることを忘れたわけではないが、もう絶頂しか見えていない。快感に心を支配されて、昇り詰めることしか考えられなかった。

「そ、そんなに激しく……あああッ」

「ああッ、先輩っ、もうダメですっ、はあああッ」

紫煙が漂うステージの上で、全裸の捜査官がレズプレイで悶えまくる。ピンクの照明を浴びた柔肌を波打たせながら、一気に急坂を駆けあがっていく。

「はううッ、イ、イキそうっ、わたし、もうっ」

「わたしもイキます、先輩もいっしょに、ああッ、イクっ、イッちゃううッ！」

亜由美が絶叫した直後、涼子も腰を激しく震わせた。

「あああッ、い、いいっ、こんなのって……あああッ、イックうううッ！」

背筋をググッとカーブさせて、客席に向かってよがり泣きを響かせる。

後輩に双頭ディルドウで犯されながら腰を振り、涙に濡れたアクメ顔を観客に晒して昇り詰めた。感電したように全身を痙攣させて、ステージ上にぐったりと倒れこむ。

激しい絶頂の余韻で、指一本動かすことができなかった。

亜由美も背中に折り重なっていたが、恵理の指示で部下の男たちが引き剝がしにきて、そのままどこかに連れ去ってしまう。涼子も別の男たちの手により、ステージの袖に引きずられていった。

3

「観客の前でも、ずいぶん感じてたじゃないか。性奴隷としての自覚が出てきたみたいだな」

豊田が服を脱ぎ捨てながら、満足そうに声をかけてくる。

脂肪がたっぷりついているが、がっしりとした体型だ。なにより、股間からそそり勃《た》つペニスの逞しさが目を引いた。

「後輩に犯されて惨めに喘いじゃって、興奮したんでしょ？」

恵理は手錠の鍵を白いスーツのポケットに仕舞うと、服を脱いで熟れた裸体を露わにする。そして、L字型の双頭ディルドウを取り出し、小さい方を自分のヴァギナに挿入した。

（いやっ……）

涼子は全裸のまま背後で手錠をかけられ、キングサイズのダブルベッドに横たえられている。

亜由美とのレズプレイで疲弊しているのに、これから二人がかりで弄ぶつもりらしい。どちらかが見ていることはあったが、二人同時というのは初めてだ。想像するだけで恐ろしくて、おどおどと視線を逸らしていった。

ここはＶＩＰルームのバックヤードにある、豊田のプライベートルームだ。酒瓶が並んだ棚とベッドがあるだけの殺風景な部屋で、とても仕事に使っているとは思えない。要はホステス相手に己の性欲を解消するための空間だった。

涼子は先ほどのステージで、すっかり調教されてしまった亜由美の姿にショックを受けて、朦朧としていた。くわえて凄まじいアクメの余韻で、もうろくに口をきくこともできないほど、心身ともに疲れ切っていた。

二人は素早く服を脱ぎ捨て、その上に持っていた拳銃を無造作に放り投げた。ボロボロになった涼子の姿を目の当たりにして、興奮を抑えきれないようだった。

「いいものを見せてもらったおかげで、すっかりビンビンだよ」

「ふふっ、わたしも涼子のこと苛《いじ》めたくてグッショリよ」

豊田がこれ見よがしにペニスを揺らせば、恵理も双頭ディルドウをしごきながら舌なめずりする。二人とも涼子を犯したくてうずうずしていた。

（ああ、もういやよ……）

白いシーツの上で横を向き、赤子のように背中を丸めていく。

思わず首を左右に振るが、豊田と恵理は不気味に息を乱しながらベッドにあがってくる。弱気になっている女捜査官の姿がますます欲情を煽るらしい。二人とも嗜虐欲を滾《たぎ》らせて、目を爛々と輝かせていた。

「大好きなチ×ポを舐めさせてやる」

「今日は……もう許して……」

「甘ったれるんじゃない。おまえのなかに入るチ×ポをしゃぶるんだ」

顔のすぐ横で膝立ちをした豊田が、頭ごなしに命じてくる。恵理も隣に並び、双頭ディルドウを突きだしてきた。

涼子はおずおずと後ろ手に拘束された身体を起こして正座をすると、躊躇しながらもペニスに顔を寄せていく。強烈なホルモン臭に眉を歪めながら、震える唇を開いて亀頭をぱっくりと咥えこんだ。

「はむンンっ」

先走り液が溢れだし、舌の上に滴り落ちる。生臭さと苦みがひろがるが、それでも唇でカリ首を締めつけて、肉竿をズルズルと呑みこんでいった。

「ンっ……ンっ……」

根元まで口内に収めると、教えられたとおり思いきり吸いあげる。頬をぼっこりと窪ませるディープスロートだ。睾丸の精液をすべて吸いだすつもりで、ジュブブッと下品な音を響かせながら吸引した。

「おおっ、いいぞ。すっかり上達したじゃないか」

豊田の濁声《だみごえ》が心を荒ませる。連日に渡る調教で、男を悦ばせる性技を叩きこまれてしまった。命じられなくても自然と舌を使い、首をねっとり振りたてている自分が恐ろしかった。

「ずいぶん美味しそうにしゃぶるじゃない。わたしのも舐めるのよ」

恵理に頭を小突かれて、ペニスを口から吐きだした。そして、すぐさま黒光りするディルドウを咥えこんだ。

「あふンンっ」

「ああっ、いい、その調子でたっぷり唾液を塗りつけな。おまえのなかに入るんだから、手を抜くんじゃないよ」

小さい方のディルドウが蜜壺内を刺激しているのだろう。若干息を乱して、悩ましく腰を揺らしていた。

二人はどこまでも非情だった。

涼子が心身ともにくたくたなのをわかっていながら、ペニスとディルドウを交互に延々としゃぶらせる。そして、顎が痺れて意識が朦朧としてくると、ようやく次の命令がくだされた。

「ようし、下からたっぷり突いてやる」

豊田はベッドの中央に仰向けになると、ぐったりしている涼子を股間の上に乗せあげる。そして、両膝をシーツについた騎乗位の体勢を強要した。

「自分でチ×ポを挿れてみろ」

「ああ、そんな……」

「早くしろ！」

情け容赦のない命令とともに、ヒップをぴしゃりと叩かれる。これまで数え切れないほどやらされてきたが、今夜ほど打ちのめされていることはなかった。

（あんまりよ……こんなの……）

涼子は泣きたくなるのをこらえながら、恥裂にペニスの先端を触れさせる。拘束されているので手は使えない。ヒップを揺すって亀頭と膣口の位置を調整すると、意を決して腰をじわじわと落としはじめた。

「あうっ……は、入ってくる」

何度受け入れても強烈な存在感だ。ゴツゴツした肉柱が体内に沈みこみ、先端部分が臍の裏側あたりにまで到達した。

「あああっ、いや……ンンっ」

悔しくてならないが、身体は敏感に反応してしまう。早くも子宮が小刻みに痙攣して、慣れ親しんだ快感がひろがっていた。

（やっぱり大きい……ああっ、奥まで来てる）

涼子の意思とは無関係に、豊田の肉棒の感覚は身体にすっかり刻みこまれている。太さも長さも鉄のような硬さも、そして与えられる愉悦の大きさも、蜜壺が完全に覚えていた。

「うっとりした顔になってるじゃないか。もうイキそうなのか？」

豊田がからかうように声をかけてくるが、否定することはできない。成熟した女体が悦んでいるのは事実だった。

（く、薬のせい……マッハエクスタシーのせいよ）

心のなかで懸命に言い訳する。身体が反応してしまうのは、麻薬入りの媚薬を打たれているからに違いない。そうでなければ、こんなにも感じるはずがなかった。

「ちょっと、二人で楽しんでないで、わたしも仲間に入れてちょうだい」

恵理が背後にまわりこみ、いきなり肩を小突いてくる。思わずバランスを崩して男の胸板に倒れこむと、そのままヒップを抱えこまれて、ディルドウの先端をアナルに押し当てられた。

「ひあっ……ま、まさか？」

恐るおそる振り返る。すると、恵理が凄絶な笑みを浮かべながら、腰をグイッと押しつけてきた。

「ひううッ！」

「そのまさかよ。前と後ろ、同時に犯してあげる」

「そ、そんな両方なんて……ひあああッ」

アナルにディルドウを挿入されて、まるで灼けた鉄棒を突きこまれたような衝撃に襲われる。膣には極太ペニスを入れられた状態で、アナルまで犯されていく。薄い粘膜を隔てて、ペニスとディルドウが涼子の下腹部でゴリゴリと擦れ合った。

「あううッ、い、いやああッ！」

たまらず絶叫を響かせる。双つの穴を同時に犯されるのは初めてだ。これまで体験したことのない凄まじい感覚が怒濤《どとう》のごとく押し寄せて、涼子の心と身体を呑みこんでいく。たまらず男の胸板に頬を擦りつけると、腰を激しく揺すりたてた。

「ダ、ダメっ、やめてっ、あああッ」

「すごい締まりだ。どうやらサンドウィッチファックが気に入ったみたいだな」

「アナルもキツキツよ。ああンっ、わたしのなかも擦れちゃう」

涼子が戸惑いの声をあげれば、二人の凌辱者は下卑た笑みを漏らしながら腰を振りはじめる。ペニスとディルドウを抜き差しして、ヴァギナとアナルを同時に責めたててきた。

「あああッ、抜いてっ、く、苦し……あむッ」

身体がバラバラになってしまいそうだ。膣も肛門も、単独で犯されれば必ず何度も昇り詰めるほど調教されている。その双つの穴を同時に責められると、快感は二倍どころか何十倍にも膨れあがった。

「ひいッ、ひああッ、なかで擦れてっ……あああぁッ」

「締まる締まるっ、ぬううッ、こいつはたまらんっ」

「ああッ、わたしもいいわ、涼子のアナル、最高よ」

豊田が獣のように唸り、下から腰を突きあげてくる。恵理も息を合わせて、ディルドウをリズミカルに抜き差しした。

「はううッ、もう許してっ、おかしくなっちゃうっ、ああッ、あああッ」

もう喘ぎ声がとまらない。頭のなかがぐちゃぐちゃになり、すでに小さなアクメを何度も迎えている。このままだと理性まで完全に崩壊してしまいそうだった。

「おかしくなってみろ、本当は気持ちいいんだろう？」

耳もとで囁かれて膣を奥まで突きまくられる。さらにアナルまでズボズボと犯され、もうなにも考えられなかった。

「ああぁッ、い……い……いいっ」

「どこがいいのか教えるんだよ。オマ×コ、それともアナル？」

恵理が背後から執拗に尋ねてくる。もちろんその間も、ディルドウをスライドさせせて、アナルを徹底的に責めたてていた。

「そ、そんなこと、言えない」

「ふざけるんじゃないよ。ちゃんと言わないと途中で放りだすよ」

尻肉をぴしゃりと平手打ちされて、涼子は屈辱のなかで首を左右に振りたくった。

「ほら、早く言いな。どっちの穴が気持ちいいんだい」

「ど、どっちも、あああッ、どっちもいいのっ」

二穴責めに耐えきれず、つい本音を口走ってしまう。すると、途端に快楽が大きくなり、股間から華蜜がプシャアッと飛び散った。

「あああッ、いやあああっ」

「やだ、潮まで噴いちゃって、特殊捜査官が聞いて呆れるよ」

恵理が蔑みの言葉とともに、直腸をグイッとばかりに抉ってきた。

「あううッ、もうっ、あああッ、もうっ」

「ようし、そろそろ出すぞ、もっとマ×コを締めるんだ！」

「わたしもイクわ、涼子、もっとお尻を振るのよ！」

二匹の淫鬼が好き勝手なことを言いながら、ペニスとディルドウを激しくピストンさせる。鋭いカリで膣壁を削られて、シリコン製の亀頭で腸壁を擦られる。破滅的な快感が凄まじい勢いで膨れあがり、頭のなかで眩い光が飛び散った。

「あああぁッ、もうダメっ、おかしくなるっ、あああッ、イッちゃううう ッ！」

ついに二穴責めでオルガスムスに昇り詰める。ヴァギナとアナルを締めつけて、腰を激しく痙攣させた。

「うおおッ、だ、出すぞ、おおおおッ、ぬおおおおおッ！」

「ああッ、わたしも、涼子のアナルで……あああッ、イクイクううッ！」

豊田がザーメンを噴きあげると同時に、恵理もアクメの声を響かせる。その瞬間、二穴をより深く抉られて、涼子は汗ばんだ背中を仰け反らせた。

「ひああッ、そんなにされたら、あああッ、す、すごいっ、許してっ、ダメダメダメっ、またイク……あああぁッ、またイクううッ！」

涙を流しながら絶叫する。どす黒い快楽にどっぷりと浸り、涎を垂らしながら二度目の絶頂に駆けあがった。全身に鳥肌を立てながらよがり泣き、後ろ手に拘束された裸体をビクンビクンと痙攣させた。

涼子は生気が失せた瞳を、ぼんやりと宙に漂わせていた。

ペニスとディルドウを引き抜かれて、乱れたシーツの上にぐったりと仰向けに横たわっている。手錠をかけられたままなので手首と背中が痛むが、寝返りを打つ気もしなかった。

サンドウィッチファックはわずかに残っていた捜査官としての矜持を粉々にするほど強烈で、すべての気力を根こそぎ奪われてしまった。

このまま堕ちていくしかないのかもしれない。

それなら、いっそ人格まで破壊された方が楽になれるような気がする。

魂が抜けてしまったように頭のなかが空っぽの状態だ。乳房も股間も隠すことなく、ただ四肢を投げだしている。絶望感に胸を埋め尽くされて、後ろ向きなことしか考えられなくなっていた。

(もう……眠りたい……)

涼子は二人に気づかれないよう、静かに瞼《まぶた》を閉じていった。

疲労がピークに達している。どうせ、またすぐに薬を打たれて嬲られるのだ。わずかでも時間があれば、睡眠を取るようにしている。そうでもしなければ、とてもではないが身体が持たなかった。すぐに睡魔が襲ってきた。

「そういえば、亜由美はそろそろ着いた頃か?」

しばらくして、隣に横たわっている豊田がつぶやいた。

後輩捜査官の名前が出たことで、涼子の意識は眠りに落ちる寸前で踏みとどまった。

そして、眠っている振りをしながら聞き耳を立てた。

「まだでしょう。出港は明け方近くのはずだから」

反対側で寝そべっている恵理が面倒くさそうに答える。絶頂の余韻に浸っていたらしく、気怠そうな声だった。

「そうだったな。恵理、タバコを取ってくれ。スーツのポケットに入ってる」

豊田が眠そうな声で告げると、恵理がのっそりと起きあがる。そして、全裸のままベッドから降り立ち、脱ぎ捨ててある豊田のスーツを手に取った。

「でも、本当に手放してよかったんですか？」

「少しもったいないが、捜査官を二人も飼育するのは危険だからな」

二人の会話から少しずつ状況が見えてくる。涼子は自分の勘違いであることを祈りながら、さらに二人の声に集中した。

「向こうでオークションにかけてやる。調教は完璧だし元捜査官だからな、きっとすごい値がつくぞ」

「それにしても、また横浜なんて大胆ね。ちゃんと出港できればいいけど」

「摘発された直後だから逆にいいんだ。まさか、またD埠頭から船に乗せるとは思わないだろう。警察は間違いなくノーマークだから出し抜けるぞ」

豊田の低い笑い声と、恵理の含み笑いが交錯する。

どうやら、涼子の想像は当たっていたらしい。亜由美は横浜港のD埠頭から船に乗せられる。海外で奴隷オークションにかけられるのだ。

（そんな……約束と違う。藤崎が売られてしまうなんて……）

涼子は睫毛を伏せたまま、奥歯を強く食い縛った。背後で手錠をかけられている両手を握り、静かに息を吸いこんでいく。

亜由美を救い出すためにここまで堪えてきたのだ。亜由美を売らないという約束で、この二人にずっと従ってきたのだ。その約束を見事に裏切られ、涼子のなかで激しい怒りが駆け巡った。

（絶対に許せない！）

いったん呼吸をとめると、双眸をカッと見開いた。

仰向けの状態から両脚を大きく振りあげて、反動で一気に跳ね起きる。そして、振り向きざま、豊田の鳩尾に踵を思いきりめりこませた。

「うぐうぅッ！」

ガマガエルが潰されたような声を聞きながら、ベッドのスプリングを利用してジャンプする。恵理が驚いてこちらを見た直後、膝蹴りで顎を打ち砕いた。

「ぐはッ！」

意識を失った女体が崩れ落ちるのと、涼子が着地するのはほぼ同時だった。

おそらく、二人ともなにが起こったのかわかっていないだろう。不意打ちを食らった豊田は、白目を剝いて口から泡を吹いていた。豊田はあばらを、恵理は顎を確実に骨折しているだろう。

人質がいないのならば、両手が使えなくても、素手の二人を倒すのなど訳もない。ましてや豊田も恵理も完全に油断していた。いくら体力が落ちていても、特殊捜査官として厳しい訓練を積んできたのだ。敵を制圧するテクニックは本能に刻みこまれていた。

「藤崎を手放したのは失敗だったわね」

涼子は床に脱ぎ捨ててある恵理の服を探り、鍵を取りだして手錠を外した。

マッハエクスタシーの影響で多少頭がクラクラするが、任務を遂行できないほどではない。涼子は恵理の白いスーツを拝借して身に着けていく。二人が持っていた拳銃も二丁あるので、充分脱出できるだろう。

失神している豊田と恵理を、ベッドの支柱にまわした手錠で拘束する。そして、豊田の携帯電話を使い、湾岸北署に応援要請した。

自分と亜由美がこれまで受けた仕打ちを思うと、この二人を絶命させたいほどの激しい憤怒がこみあげる。しかし、今は亜由美を救出することが先決だ。

「あなたたちに構っている時間はないわ。命拾いしたわね」

涼子は伸びている二人を一瞥すると、背中を向けて部屋を飛びだした。

行き先はもちろん横浜港D埠頭、部下の命を守るのは上司の役目だ。亜由美は自分の手で救出すると決めていた。

（藤崎、待っていて。もうすぐわたしが助け出すから）

涼子は熱い想いを胸に秘め、出口に向かって廊下を走り抜けた。

（了）

※本書は二〇一三年三月に刊行された竹書房ラブロマン文庫『囚われた女捜査官』の新装版です。

※本作品はフィクションです。作品内に登場する団体、人物、地域等は実在のものとは関係ありません。

長編官能小説

囚《とら》われた女捜査官《おんなそうさかん》

〈新装版〉

2021年11月29日　初版第一刷発行

著者……………………………………………… 甲斐冬馬

ブックデザイン……………… 橋元浩明（sowhat.Inc.）

発行人…………………………………………後藤明信

発行所………………………………………株式会社竹書房

〒102-0075　東京都千代田区三番町８－１

三番町東急ビル６F

email：info@takeshobo.co.jp

http://www.takeshobo.co.jp

印刷所………………………………中央精版印刷株式会社